U0661215

直到江南山茶花开
我才想石化在她身边
任绵绵春雨
把我
滴穿

目 录

新年的欢喜

大多数时候，我们都是这个城市的地下工作者
潜伏是常态，偶尔会在三月
惊蛰，七八月
发洪水
或多或少，我们还要在佛前做些祈祷
神前说出忏悔
过去的一年，万物都长得过于疯狂
需要一场雪
来留白
山林换上素裙子
但它未改初心，心有所属
所属春天
梨花片片带雨

江河写下的水墨，意象
常常把我带偏
偶尔迷失
但雾色不会无休止蔓延，浸染
一定会在某处搁浅，聚集
成我所爱的形状
又消失
而我对新春的欢喜，与期冀
就像我对麦地
好想在她身上，画麦圈
一圈，一圈，一圈
让她一出门，就带上

新面包的味道

2019 年 1 月 1 日星期二，元旦，上海

咯咯哒

这些文字，一直在我体内
自然生长
不用杀虫剂、除草剂、植物生长调节剂
有时候秋天捧在豆荚里
不知道什么时候蹦出来，我要做的
只是把它捉住

它有时是除夕一道尘
有时是小母鸡
的头胎
咯咯哒，咯咯哒
咯咯，咯咯
哒

2019 年 1 月 2 日星期三，上海

画眉草

我宁愿在地球上
看到星星都很亲密
而不是到了天堂，彼此都很遥远
老死不相往来

我喜欢青稞都长在高原上
油菜花开在江南
我也喜欢雾漫水乡，和画眉草
取的名字

2019 年 1 月 3 日星期四，上海

她什么也没说

花，都张开嘴
想说些什么
我认真听了一会
在她耳旁
叹了口气

她什么也没说
只颤了一下

2019 年 1 月 4 日星期五，北京

小寒是伤心的候鸟

小寒要来，我不怕
江南尚有青草，绿芹，红菜薹
农家有余粮，柴垛
枇杷花开

大寒更不惧
室外有阳光，屋内还有暖气
伤心的候鸟离开我，去了南方
很快又要回来

2019 年 1 月 4 日星期五，北京

用不着写全

瘦马在朋友圈道歉：
早上睁开眼睛就发朋友圈
字都没写全

我安慰：
用不着写全
我们都是诗人

2019 年 1 月 4 日星期五，上海到北京复兴号

腊八，粥

这个季节，还是江南
山清水秀
莲子用心良苦
其实江北也有好风景
松果落了
松鼠拿它滚绣球
蒲公英，曾想飞到天上去
云反而喜欢，变身雪
回到地面

我准备，在大寒之日
做一颗安心的种子
等待春天
腊八，化作一碗粥
进入你身体

2019 年 1 月 13 日星期日，北京

秋天的忧伤是圆的

哦，那就是秋天，难怪它有的颜色
我都喜欢
那些活泼的松鼠，不用再担心爬那么高
现在它可以轻松捡到喜爱的松子
落日都有好归宿

圆圆的忧伤，风一吹
沙子一样，就走了
喜悦都是方的
一动不动

2019 年 1 月 18 日星期五，上海虹桥站

大寒，还有很多春天留在原野上

冬日掠过城市，乡村还有些树叶
没有吹走
风被街头的墙角
分割成一块块
我只是被其中一部分
击到
但它并不能阻挡南方山茶花
坚持要展示自己
好年华

大寒也不例外，我还有很多春天
留在原野上

2019 年 1 月 20 日星期日，大寒，上海

武汉，武汉

别和我再提江城，九省通衢
那都是高中课本老知识
当然，还有很多，可以再说
百听不腻
比如汉水，比如长江，比如一桥飞架南北
比如它们两岸的蛇山、龟山
可以聊聊归元寺的放生地，宝通寺的许愿池
畅谈东吴孙权筑墙武昌，唤作夏口城
黄鹤楼只是他黄鹄矶上瞭望塔
我喜欢东湖不逊西湖
磨山不差岳麓山
这里发生的洋务运动、武昌起义
都是学大汉，武立国

不谈樱花，不谈樱花
让它留在珞珈山
不如一起转转租界那些老房子
逛逛户部巷，尝尝豆皮、热干面
边走边吃糯米鸡、欢喜坨
彻底忘记前两天的红菜薹、排骨莲藕汤
听大街小巷突然喊出
红中
赖子
杠

2019 年 1 月 21 日星期一，上海

011

这么好听的称呼

我要找这样一个地方
送你一程
有满山的翠竹，和青石板路面
雨开小花，转眼即逝
台阶两边，流成小河
它们的声音，和竹叶耳鬓厮磨
很像
我的鞋上，有跺不掉的黄泥巴
你笑我，我就看乌云
不理坡道车前草，有些小土块
在崩溃

小竹鼠只能在洞口偷窥
不敢出头
云雀会有些兴奋，但和远方无关
杜鹃花只是含苞
要等你回来，才开
我要取消掉合欢树的名字
把这么好听的称呼
安在我们身上

2019 年 1 月 22 日星期二，上海

秦淮，秦淮

要是在明末，我肯定还是一介书生
可能会携书童，从涟水，湘中一个耕读世家
千里迢迢，到贡院
赶考
不凭关系，我也应该能博取一些功名
赢得秦淮八艳
些许青睐

想一想，我可能只喜欢她们中的
小宛
和她，择一处幽静之所，淡泊名利
任岁月流光
吟诗作画
梅花是我们的钟爱，开到今天
秦淮两岸，到处都是我和她
的佳话

2019 年 1 月 23 日星期三，南京

一想到小年

他们还在埋怨冬天
其实北风，它自己心里都没底
还能坚持多久

水边芦苇的傲气，已被风
悉数折断
草地被人踏平
可一想到小年，心情又好了起来
鸟鸣如此欢快
炉火红亮
大概它们也知道
人间喜事
灶王都会报与上天
春回大地

2019 年 1 月 28 日星期一，小年，北京

普吕多姆①，你坚守的爱情

那个世纪都是你的
可就算把首届诺奖摘下
荣誉照耀法兰西
你也未能获得表妹的爱情
心成一只破碎的花瓶
从此你终身不娶
哪怕是舞会皇后和丑姑娘
你把诗，写得洒脱、机敏活泼
又饶有趣味
可你的坚守经得起时间考验
却逃不了孤独
与叹息

原来全世界所有的爱情
都是从号称放弃那刻开始，就从来不曾放下
声言从此忘却
却永远无法忘怀

2019 年 1 月 29 日星期二，北京

---

① 普吕多姆：指苏利·普吕多姆，19 至 20 世纪初法国著名诗人，首届诺贝尔
文学奖获得者。《破碎的花瓶》《舞会皇后》《丑姑娘》《考验》《孤独》和《叹息》
都是他的代表作。

我和母亲要开始大声说话了

她的头发已经不需要我帮她染了
说染发剂有毒
白着挺好
她再三叮嘱别再给她买衣服
已经这么多穿不过来
可是买了她照样会笑得开心
逢年过节穿得喜气洋洋
我们夸她年轻了数岁
她就像真的年轻了数岁

我要是出差得久了
她会打电话问什么时候回来
我要是问她有什么事
她又说没事
我和她其实就是门对门
还不天天见面
偶尔帮她做顿饭·
她还不忘说谢谢

她把别人送她的一些干货、坚果拿给我
说她已经咬不动了
她原来做得一桌好饭菜，现在煮得稀、烂
全然没了颜色
我偶尔去吃一次，她都会特别高兴
说我好久不来
冰箱里菜都吃不完

和她聊天每次都需要大声说话
就这样她还经常打岔
她抱怨每天围着小区转一圈花的时间越来越长了
我却看见她背影越来越低
脚步越来越沉
我终于不再自顾自向前冲了
和她外出时开始拉着她的手
就像小时候她牵着我

2019 年 2 月 1 日星期五，北京

除夕，豆蔻年华

不行，我今天红色的烈马
都是窗花式样
你别在我心里剪纸
那样会误伤湖岸的斑鸠
让它们安心在芦苇荡里起风吧
在除夕
还孵化些爱情

我身体里的盐，和糖分
都在告诉我，春天来自大海
可能还包括你家门楣，那副喜庆的对联
那些幸福的福字
请你都留下
你就送我一些风、一些水吧
顺便给自己贴上花黄
我要你天天都有美丽模样
年年豆蔻年华

2019 年 2 月 4 日星期一，除夕，立春，北京

拜 年

快来看啊，看天上的云
一大块，一大块，轻如棉朵
庙会的人群
都穿上了春天的颜色，步履轻盈
连原野上的麦子，也春风满面
喜气洋洋

等等，让我先给你们拜年
祝你们春天生钱，快乐开花
丰收结果
再去大雄宝殿，为你们
祈福，求平安
和你们一起逛庙会，看花灯，舞龙
猜灯谜
沾沾喜气

我还要谢谢你，和你们
我收到的祝福
已聚沙成塔
这也是新年伊始，我们相亲相爱
最美好的缘起
幸福开端

2019 年 2 月 5 日星期二，正月初一，北京

雪　后

一场雪后
北京总算有了它的名字
原野荒芜了一个冬季
终于等来回报
春天刚刚启程，但在这里
还有一些冰面
要一一裂开
田园真正要醒，会在三月
先开樱花，后开桃花
锁骨锁住春光

2019 年 2 月 6 日星期三，北京，雪

找一个理由不爱她

时光不是最好的情人
可是你爱她
欲罢不能
你看不见她，摸不到她
她却可以洞悉你
她和你在一起
还陪别人

虽然很不情愿，但她还是
变成了你的眼睛，你的空气
你的姐妹
你蠢蠢欲动的情感
欲哭无泪的叹息

2019 年 2 月 14 日星期四，情人节，北京

最没抵抗力

我最没抵抗力的，是秋天
穿越三季回来
那时她头戴野菊花
身上有苍耳
田野斑斓，成熟，饱满
又性感
秋水一汪汪
刺梅带刺
开成玫瑰模样

2019 年 2 月 17 日星期日，上海

滴　穿

我一直都喜欢晴天
可阳光总和我保持直线距离
直到江南山茶花开
我才想石化在她身边
任绵绵春雨
把我
滴穿

2019 年 2 月 18 日星期一，上海

元　宵

这些雨，下得和诗一样
细细碎碎，却是一行一行，天上来的
不久还会变成柳条上
一个芽，一个芽
燕子不闹，布谷不心烦

我坐在浦东咖啡馆里
看路面美人，撑小花伞
卡普奇诺的泡沫
像极了溅在梅上的雨水
开成元宵，灯谜模样

2019 年 2 月 19 日星期二，元宵节，上海

东京的乌鸦

没错，我要说的乌鸦
就是那只喝水很聪明的乌鸦
它们在东京，翻垃圾
也很机灵
还时常不经照会，就入侵我使馆
你要是驱赶，它会有恃无恐
在天空刷上一条条黑色标语
呱哇，呱哇
到处宣讲

2019 年 2 月 20 日星期三，北京

醒　来

醒过一场旧梦，我以雪水煮茶
不怀念去年垄上春
和，刚刚离开的冬景色
事到如今，我心里还堆积着梅花，余香未了
有些树注定只是用来开花的
不会有结果
石头没有心，无欲也无求
所以它更能踏踏实实
做台阶

总要有一些遗憾
让芦苇停止摇摆，低头，静下来
沉思
这时节的风，免不了会有心事
行走都不仓促
远山的影、雾，更加淡了
春欲来，未来
人间三月，才是真正牵扯衣襟的小手
让人不由自主去追她
她要是不醒来，自会有雷
去请她

2019 年 3 月 3 日星期日，长沙

婺源的樟

婺源的街道，有人卖樟
有人买
老人就锯下一块
那些樟片和老人的掌
都有好看的木纹
好闻的香气
阳光从天井漏下来
它经过屋檐，和门外的溪水一样流畅
自然，而清新

2019 年 3 月 4 日星期一，北京

雨生谷雨

雨生百谷，还生绿叶、青草、八重樱
街上长出花裙子
花裙子洋溢好身材

这时节，每个清晨都如此美好，室外春光
天天都从窗口
倾泻而来

2019 年 3 月 4 日星期一，北京

流　过

要在万物惊蛰前，醒来
抢先蜂蝶，把那些早开的花
都爱一遍
让残雪裸睡，留在高原
一副冰清玉洁的模样
油菜花开也不化

雨多，就上山伐一节槁木
刻成舟
洪水从上游而来，我就从下游走
岸边还有放鸭的人
他会告诉我
哪里水浅，哪里水暖
桃花从哪里流过

2019 年 3 月 6 日星期三，惊蛰，北京

深　意

我所有的等待，都从柳风
得到回报
我终于来到这里，花了众多时光
这一切都还不算晚，柳树发芽
桃花刚刚开放
阳雀飞起好风景

风从峡谷，送来柔软书叶
它曾经来过，说我耽误过它
这次我得好好看看，其中定有深意
我要是猜不透春天
必须读懂你

2019 年 3 月 10 日星期日，广西梧州黄姚古镇

不念归途

已渐入佳境
你一定要把我从霞光里
拉回来，重返这美丽的田园山水
温暖人间

请和我一起，记住这个地方
阳朔市葡萄镇翠屏村五指山
这里有望不尽的峰峦叠嶂
看不断的河水蜿蜒
油菜花开
炊烟与暮霭一同升起
水田熠熠发光

如果你不拦我
我还会随山坡柚子花香出很远
不念归途

2019 年 3 月 11 日星期一，桂林阳朔翠屏村五指山

青石，小巷

野外天暖，远处冰消，雪融
总有些东西免不了，会埋入谷底
或随江河而去
泉水穿山而出
新燕归来
爱情开在半山腰上
桃花一大片，一大片，没人注意
你随春风，走出青石小巷
比梨花带雨
还素雅

2019 年 3 月 11 日星期一，广西梧州黄姚古镇

铜桥相会

我们到铜桥，偶遇吧
水田可以梳妆，垄上可以摘花
做步摇
你着红装，绿装，或青布裙
都相宜

你从桥，对面来
我做路人甲，或路人乙
凤尾竹一样
退至两边

2019 年 3 月 12 日星期二，桂林铜桥

鸿 雁

要身心合一，做一只远渡重洋的鸿雁
穿赤道，越春夏
到他乡，寻一处比桃花源
更好的山林
筑巢，引水，呼朋唤友
全心全意，来一场异国之旅
和你
看许多未看的美景
了人生许多未了的快事

2019 年 3 月 15 日星期五，澳大利亚悉尼

8 字湖

潮水漫过岩石平台
就断了归路
好吧，8 字湖，就让岸上礁石一点一点
为你消瘦
听大海到底对你
说什么

青花瓷，忍冬花
盛世佳人
此刻都不在海边

2019 年 3 月 16 日星期六，澳大利亚悉尼皇家公园 8 字湖

亚瑟港①的云

远处传来伐木的声音

和山坡青草的香味

塔斯曼尼亚，是海风和浪

的流放地

我也想卸甲归田，陪海鸥

在沙滩，坐坐

腾出一些空间，释放亚瑟港上空的云

赦它无罪，给它自由

变它自己喜欢的形状

这房前屋后的山林

早已看破红尘

从不计较春秋得失

野花任性开放

青藤疯长

2019 年 3 月 19 日星期二，澳大利亚塔斯曼尼亚亚瑟港

---

① 亚瑟港：位于塔斯曼尼亚半岛南端，是著名的罪犯流放地，被列入澳大利亚国家遗产名单。

科尔斯湾

到达科尔斯湾的时候
太阳已经下山
云还在山顶
峰峦披纱，妆成晚娘模样
森林就在岸边
游艇停在湾心里

这可不是你想象的湖光山色
是海，不安静的另一面
今晚我就要住在它怀里
睡没有波涛的房子
清早起来
去遇见袋鼠、考拉
鸭嘴兽，吵醒牧场上
每一颗露珠

2019 年 3 月 20 日星期三，澳大利亚塔斯曼尼亚科尔斯湾

在海盗湾

在塔斯曼尼亚，可以赤足踩沙子
一粒一粒，念一个人的名字
也可以踩着海盗湾砖一样的岩石，一块一块
想一个人
忘记沿途的花，和花上的雨水
要是不小心又忘记了你
还可以俯身拾起一颗潮湿的种子

我无法向你隐瞒
这里天空的蓝，和大海的蓝
是不一样的
要是想你
在夜里，其实也是一样的

2019 年 3 月 20 日星期三，澳大利亚塔斯曼尼亚

摇篮山，蜜月岛

一抵达摇篮山
我立刻就觉出了富有
这里的风，都带有纯银的声音
云朵发出白银的光泽
湖水宝石蓝，连岸上的岩石
也有矿二代的风采

我还羡慕蜜月岛上的两棵小树
那些湖水没有体会到的满足
草地和袋熊，都用丰满
告诉了我
桉木林窃窃私语
诉说幸福

今晚，我要拥众星入睡
不管月亮会落在瑞士小镇
谁家屋顶

2019 年 3 月 22 日星期五，澳大利亚塔斯曼尼亚

艾尔斯岩

你所在的城市，还在下雨吗
我可以从南半球乌鲁鲁
分一些晴给你
要是早晚还凉
还可以从这里的炙热，匀出一些
快递上门

不要想我，要想就让艾尔斯岩
先来
这里升明月
比你，要快一个半小时
启明星也会早醒
乌鲁鲁从早到晚，都有不同的颜色
如同我有不一样的心情

2019 年 3 月 24 日星期日，澳大利亚乌鲁鲁

马尾巴的功能

到乌鲁鲁，才真正知道
马尾巴的功能

它和我现在的两只手一样
都只用来赶苍蝇

2019 年 3 月 25 日星期一，澳大利亚乌鲁鲁

云　端

要飞，飞起来
四肢离地，轮子收进腹内
身体腾空
发出吱呀声音
心里伸出小翅膀
带它飞，飞上云端

天空蓝如水
不着尘埃

2019 年 3 月 26 日星期二，澳大利亚乌鲁鲁飞墨尔本上空

再回大洋路

再回大洋路，落日张开彩色的翅膀
它想飞，但天色已晚
海边岩石，都合上了厚厚的线装书
收起桉木笔
把天使、魔鬼，和圣徒
都装进黑布袋
开些星星做破洞，让他们喘息、透气
夜深人静
讲故事

我睡得无比安心，一觉到天亮
鸟起读书，唱圣歌
我写诗，写得和云朵一样自由
通透
桉树一样清新
野菊花散发黄色的香味

2019 年 3 月 28 日星期四，澳大利亚大洋路

唤它亲爱，老朋友

我还可以从云朵与云朵之间
的缝隙，找到幸福
它们在天空，也只占很小的位置
但活得自在
舒展

如今能看到的每一颗星星，每朵花和
遇到的喜欢的人
都早已有了自己的名字
但我还可以唤它亲爱
老朋友

2019 年 3 月 31 日星期日，澳大利亚墨尔本

墨尔本之情

我喜欢墨尔本，并非她城市本身
不是她身体上的草木街道
屋顶或真或假的烟囱
是喜欢那些熟悉的身影
热情洋溢的笑容，风情万种的风
是我们一起停泊过的港湾
徜徉的星光、月光、阳光
投到心底的云朵
桉树味道
湖边雨

虽然依依不舍，但还是要和你告别
再见吧，墨尔本
我无法像小蓝企鹅，定时登上沙滩
回家一样回到你身边
可只要我不在
这里的花，以后只开两朵
一朵用来爱你
一朵用来祝福你
夜夜不熄
日日不谢

2019 年 3 月 31 日星期日，澳大利亚墨尔本

夜　路

都说唱一首歌，夜路会走得顺畅一些
但听得最多的
还是要数屋后那片竹林
它们至今还在窸窸窣窣，议论当年
我哪句唱得不错
哪句有些走调
只有台阶那些石头，拙于言辞
风雨磨平了它们的棱角
四周长满青草
额头发光

2019 年 4 月 4 日星期四，湖南娄底西阳

好不容易从春天的缝里挤了出来

要在六点前，赶到紫鹊界
那样离看完整的日落
正好还有一个时辰
这时候桂花已经结籽
长成小青芒
梯田蓄水，明镜照亮天空
紫云英、紫荆花、映山红都努力朝一个方向
伸向田心
想看一看自己俊俏模样

我一路气喘吁吁
好不容易从春天的缝里挤了出来

2019 年 4 月 5 日星期五，湖南娄底

清明是整个春天身体里唯一的刺

都在欢呼新生
为一片叶欣喜，为一朵花惊艳
为一条江河，暗流涌动
为一窝乳燕
心生感慨

清明是整个春天身体里
唯一的刺
除草，上香，挂青
烧纸钱
人们从山上运下石头
从山下抬上墓碑

2019 年 4 月 5 日星期五，清明，湖南娄底

很 熟

去故乡河边
那些土菜馆
就餐
农家狗，躺台阶上
晒太阳

见我过来
抬头看一眼，一声未吭
又懒懒睡下，好像
我和它
很熟

2019 年 4 月 6 日星期六，湖南娄底

落 单

从山上落下，太阳和花
都是一个自由的姿势
舒适，而又性感
月亮得意地眯上眼睛
它和我一样早已喜欢上了
这个彩色的人间

我不定期从故乡这块红土地
以春笋破土脱壳的速度，汲取养分
输铁，补钙
骨骼愈发清奇
一只白鹭只因看了一眼
就落了单
淹没在霞光里

2019 年 4 月 8 日星期一，湖南娄底

梦见我成了她的母亲

我梦见要去远方
连排带挤好不容易轮到我窗口准备买票
才发现只带了钱没带身份证
我于是把这么好的位置
让给了队外面急得直哭的一位年轻母亲
她饱满的乳汁已浸湿了胸口
我帮她抱过来孩子又接过行李
揉揉自己刚刚被挤得胀痛的胸脯
仿佛我也成了她的母亲

2019 年 4 月 14 日星期日，上海

今夜，我只想要回我的玫瑰花窗

今夜，整个塞纳河
都要羞愧难当
它满腔春水，也救不下巴黎圣母院
眼睁睁看着她的塔尖
倒在自己身边
一百八十年工匠的精雕细琢，和八百年的精神寄托
洒了一地

今夜，欧罗巴，法兰西，巴黎
你那些埃菲尔、凯旋门
卢浮宫、红磨坊
都不重要了
我只想找你要回我的钟楼
我的玫瑰花窗
要回我的吉卜赛少女
我的艾丝美拉达

2019 年 4 月 16 日星期二，上海，为巴黎圣母院大火而作

春光缩小你我距离

我一共十指
它们都早已成型，僵硬
奏不出凤求凰，高山流水
只能寄希望它们重生
从小刻苦
冬练三九，夏练三伏
待它弱冠
你及笄
为你弹筝，抚琴
守住渡口
拈花，为你插上云鬓
任柳风拂面
春光缩小你我距离

2019 年 4 月 17 日星期三，上海

长安三千一百年

如果没有过硝烟
没有缠绵的爱情、长恨、离伤
缺少那些宫殿、庙宇，和墓地盗洞
城墙无箭伤
石碑无诗歌
这长安三千一百年，也未必有那么古老
云朵也不霓裳

玄奘大概也要再度西上
面壁，禅坐数年，继续参透数百经书
才能出关
重回钟楼底下
看穿人间

2019 年 4 月 19 日星期五，西安

谷 雨

今晚我要和麦子高粱干杯
饮它们的前世今生
让雷分别从麦尖和青草顶上滚过
稻田蓄满力量
它会一直支持新插的禾苗不停地拔节、分蘖、抽穗
开出白色小花
野果灌浆
谷雨翻墙而至
内心一片潮湿

2019 年 4 月 20 日星期六，谷雨，西安

在白鹿原，我遇见一只白鸽

在白鹿原，我未能如愿遇见田小娥
只在她住过的窑洞
遇到一只白鸽
它身材优美，白皙，安静
眼睛明亮
素净得像两朵新开的槐花
我知道它一定不是从小娥胸口飞出来的
但还是想上前
亲近亲近它

它一声未吭，就羞涩地飞起
却并不走远
落在窑洞上方
又回头看我

2019 年 4 月 21 日星期日，西安白鹿原影视城

石榴花，石榴花

石榴花俯身下去
想去亲吻另一朵石榴花
他们还没够着
早已满脸通红

2019 年 4 月 28 日星期日，北京

俳句　落日

堂前槐花密
蜻蜓翼舞绕荷飞
落日映山红

2019 年 4 月 29 日星期一，北京

夏 虫

冬天长什么样，冰什么样
我不知道，也不关心
我只喜欢春天，喜欢夏天
钟情各种叶，熟悉它们从出生
到老去的全过程
了解每一条叶脉的走向
就像自己的百足，千足，千千足

我要找一片长得像人类心脏的叶子
在它身上
咬出一个心形的洞

2019 年 5 月 3 日星期五，沈阳

夏天在江边生芦苇

我一定还会和你相见
春天已上好底色
蒲公英长出新的羽毛
那些杨絮、柳絮
起飞得都有些轻率
巨大的雷声，从山冈上滚过
所到之处，花草树木都俯首帖耳
一个个从小失聪
听不到翠鸟说情话
心无旁骛长身体

我守着通惠河，等船从江南来
夏天在江边生芦苇
它长得密不透风
一定也有隐情

2019 年 5 月 5 日星期日，北京

五月的鲜花

春天将逝，荷塘换上绿装
芙蕖蓄势待发
那些花布裙，三月就悄然上了市
我也要跟着闪电
只身赶往五月

在太阳火辣的目光下
知了更完衣就要上场开始歌唱了
除了早熟的樱桃，其它果实
都还很年轻
大地流出的清泉和新生的草地
都飘逸在花布裙下
五月的鲜花鲜为人知

2019 年 5 月 6 日星期一，立夏，北京

夏　日

阳光从叶尖上，一滴一滴滴下来
北京的树木和树木，街头巷尾
都在流传着爱意

我亲爱的，和我不亲爱的
她们都戴上了银耳坠
脸上闪烁着水银的光芒

2019 年 5 月 6 日星期一，北京

刀 伤

钝刀凿石，砌墙
快刀切菜，斩乱麻
它们从来都是伤了别人
也伤了自己

2019 年 5 月 7 日星期二，上海

浅 夏

刚进入夏天的身体，还不深
圆明园那些荷叶
也很浅
这些天，风把我和天上的云
都推得很远
远到车开出半天
五颜六色的月季还在身边
肆意开

湖边的芦苇刚站直身子
风又把我揽过去

2019 年 5 月 21 日星期二，小满，北京

小　满

我期待大河小河的水在这时候
都涨起来
水草也长起来
麦子和稻谷
一个个出落得亭亭玉立，落落大方
身材开始丰盈，方显小满体态
那些新喜鹊，全家都欢聚在一起
却并不能完全代表我的心情

我满怀夏天的喜悦
随一阵风
与麦子一起站到地里

2019 年 5 月 21 日星期二，小满，北京

从莫斯科乘火车去往圣彼得堡

不到五点，列车停在无名小镇
这里的露珠
屋檐下的铁翅鸟
路边小黄花，都没醒
炊烟也未升起
只有早起的阳光拥抱了它

另一辆列车无停通过
它急急忙忙
大概是要赶往下一站
那里也有一群热爱诗歌的人们
在等它

2019 年 6 月 3 日星期一，清晨于莫斯科至圣彼得堡列车上

芒　种

又是一年，要开始忙碌
在你的心上，收一茬
再种一季
青梅在树上一天天成熟
每一个凸点
都散发诱人光泽

口舌生津，梅雨沙沙下
我尚可分五谷
但早已四体不勤
那些美好的种子，都不是自然生长的
要耕，耘，犁，耙，拢
再等待一场又一场雨
和风筝一起被淋湿
麦芒才黄
稻花沉甸甸

2019 年 6 月 6 日星期四，芒种，俄罗斯莫斯科

普希金祭

1799 年 6 月 6 日，一颗俄罗斯巨星
降落在伏尔加河畔
世界从此有了一个伟大的名字
亚历山大·谢尔盖耶维奇·普希金
滔滔的伏尔加河水，孕育了伟大的俄罗斯
也哺育了幼小的普希金
这条宽厚的母亲河，给了他源源不断的灵感
和无穷的激情
多少年后，即便是西伯利亚的严寒
也不能摧毁他坚韧的脊梁
熄灭他炽热的内心

1837 年 2 月 8 日，那是个冰冷的冬天
一声呼啸着沙皇旧势力的枪声过后
他倒下了，两天后永远合上了年轻的眼睛
但在这片依依不舍的土地上，倒下的只是他的躯体
他青铜骑士的精神，依然驰骋在辽阔的天空
他诗歌的太阳，永远温暖和激励那些热爱他的人们
照耀俄罗斯广袤的大地
光耀全世界

2019 年 6 月 6 日星期四，俄罗斯莫斯科，为纪念普希金诞辰
220 周年而作

在人间

星星在人间，要释放它的怀念
就开原野上茂密的小白花
一朵一朵，来提醒
俄罗斯之行，不需要太多的浪漫
从莫斯科，到圣彼得堡
从托尔斯泰庄园，到莱蒙托夫博物馆
从普希金和高尔基故居
到今晚一弯新月，莫斯科满河月光
他们都是我熟悉的故人
一路相伴，让我得以幸福度过我的童年、我的大学
感恩生活至今没有欺骗我
每一个黎明都美好
每一段人生都诗情画意

2019 年 6 月 8 日星期六，俄罗斯莫斯科高尔基故居

木 叶

木叶能吹出声音
是它自己想歌唱了
它不想就此再沉默下去
不想这样过完一日
等于过完一生

2019 年 6 月 12 日星期三，北京

诗歌分类

简单来说，诗歌只分为两类
看得懂的，和看不懂的
看得懂的又可分为两类
喜欢的，和不喜欢的

看不懂的就不用再分了
反正看不懂

2019 年 6 月 13 日星期四，北京

给父亲的爱

给父亲的爱，和我写给父亲的诗
一样少
可能是从小他和我们聚少离多
也可能是缘于他既固执，又倔强
又或是我自己也为人父，爱字难以开口
如今他日益衰老，岁月磨掉了性子，越发慈祥
却又变得健忘、痴呆、老小孩
一件事一天可以问好几遍
告诉他好几遍第二天还一样
把他要吃的药一天天分好
从周一到周日，从早中晚到前半夜
装在分药盒里他也搞不清楚
有时一天一次也不吃
有时一天吃掉三天的量
胰岛素不盯着他永远也不记得打
你要是埋怨和责怪
他还会耍耍小脾气，发发小怒火

记忆中他年轻时生龙活虎
和现在的孩子一样喜欢骑车下棋，打球跑步
看体育节目
完全不是现在步履蹒跚、老态龙钟的模样
他每天都会打开书本或者电视
然后就开始发困，打盹，犯瞌睡
给他买的新衣服都压在箱底
就爱穿我们兄弟俩淘汰下来的旧衣服

孙子们准备扔掉的旧鞋子
他倒是不再炫耀自己过去多奉献多伟大
但又到处吹嘘他儿子、孙子多出息

我真怕自己今后也会变成这样
所以这些年来
这个爱字一直没有对他说出口

2019 年 6 月 16 日星期日，父亲节，北京

轻舟已过，万重山

今夜，月亮给的银子
比雪花还白
我想用它沽酒，再请店小二
切盘上好牛肉
加半碟花生
喝到半夜，然后
趁星光未眠
骑上门后扫把，飞往长江

我要告诉三峡两岸的岩石，与岩石
它们的对峙，都是徒劳的
我们心上的人
早已随轻舟，过了千亩良田
万重山

2019 年 6 月 18 日星期二，北京

但都不是你

北京的雨，要千呼万唤才会来
点点还都下在琵琶上
琵琶之音
天上来

我听到电梯一次次到达的声音
和雨点一起来
但都不是你

2019 年 6 月 24 日星期一，北京

梅雨之后

梅雨之后
那些溪流之岸，稻田之埂
青草葳蕤处
都变得十分柔软，丰腴
石头长出厚厚青苔
变成浑圆模样

都说女人是水做的
我爱的大地，也是水做的

2019 年 6 月 25 日星期二，北京

摩梭之爱

人生总要找很多借口
比如来彩云之南、泸沽之畔
赴摩梭之约
哪怕正好大雾，雾锁金沙
湖面船停，花楼紧闭
走婚桥封路
酒吧无人唱歌

反正我为数不多的几次醉酒
都不是为了爱

2019 年 7 月 3 日星期三，云南昆明

在泸沽湖，水性杨花

弃猪槽船，于水一方
任其随波逐流
我只想赤脚，踩着夏天的影子
一个人悄悄去走婚桥
泸沽湖应该不会因此起浪
即使有些小波澜，我仍相信有女神
真的就住在女神湾
在这里，不会有比爱情更美好浪漫的故事
这满湖的蓝
我更喜欢她的水性杨花
和传说

2019 年 7 月 3 日星期三，云南昆明

凌波微步

也许曾有柳絮，或者蒲公英
施展轻功，轻松渡过洱海
但今夜，我们都不走凌波微步
不远离尘世
不扰大理清梦
在一起，在菩提树下
我做段誉，你做木婉清
共饮一杯月辉，然后偷偷转过身
擦掉一生眼泪

2019 年 7 月 4 日星期四，云南大理

大理，昨夜

昨夜，这一小院的花草
梁上燕子
外来的小野猫
都成了我的家眷
它们和我一起，共度了一宵风月
又抱起慵懒的阳光

门前的鹅卵石
一颗一颗，把我引向池塘
它清澈的水，滴滴来自阿诗玛、蝴蝶泉
来自山寨竹楼
吱吱呀呀的水车

2019 年 7 月 5 日星期五，云南大理

也许在苍山，也许在洱海

在这里，没有一条河流是直的
没有一道光
会弯
穿过森林，转过山
每一个悬崖，都是江河的临界点
它太想要飞了
想要挣脱两岸的束缚
想要疯

这些天无论走在哪里
这沧桑古城的每一滴雨
和热情金花的每一支歌
都能射中我，且箭箭正中靶心
看来我喜欢的人，和事
大概都不远了
也许在苍山，也许在洱海
也许在隔壁

2019 年 7 月 5 日星期五，云南大理古城

在大理，那弯新月

难怪天上所有好看的云朵，和好看的人
一到这里，就都不走了
民居一帧帧，青山一幅幅
如诗又如画

我走遍世界
还是喜欢这样清新美丽的地方
她和我心中的阿诗玛
没有半丝差别
蝴蝶泉边那些密密的树
都是她天然的睫毛
清秀，又修长
还骄傲地翘起
像今夜大理，新月弯弯

2019 年 7 月 5 日星期五，云南大理

香格里拉，普达措

夕阳叼来橄榄枝

鸿雁送上羽毛，鲜花铺就新床

扎西献上哈达

卓玛熬好酥油茶，端来糌粑

敬上青稞酒

香格里拉，普达措

请你给我一夜

让我穿上山腰的白云

当睡衣

清梦为舟，星月点灯，渡至湖心

睡到梅里雪山

丽影里

2019 年 7 月 6 日星期六，云南香格里拉

金沙江，虎跳峡

在金沙江
有人淘金
有人取沙
有人在虎跳峡更下游
一苇渡江

玉龙，哈巴，两座雪山暗恋这么多年
还是放不下高冷的架子
还是和我一样
驻足，不前
更不敢跳
但水边潮湿的苔藓
一步一步把我
引向
更深处

2019 年 7 月 7 日星期日，云南虎跳峡

试图用一个词来描述碧塔海

要只用一个词来描述
真的很不容易
不敢用波浪，来形容
怕不了解你的人
想过了
如果选择涟漪，又担心委屈你
那可能只是你白天高冷的一面
夜晚的荡漾
说不定才是你的真爱情

你怀里至少还藏有半湾水莲
我是知道的
山清水秀这个词，太朴素
你身边千万亩野花
一年四季开那么鲜艳
应该有些因果

昨晚星月轮值，风叶止语
幸福的缘起我尚未找到
一清早起来，却又中了草尖
透明的毒

2019 年 7 月 7 日星期日，云南香格里拉

丽江，丽人

所以说，要行万里路
经最美的风景，和历最艳的人之后
动情才不容易
滇池，洱海，泸沽湖
它们如今都静如明镜
心如止水
只有金沙江在奋力冲淡夜色
把沃野变成仙境
丽江塑成丽人

2019 年 7 月 8 日星期一，云南丽江

丽江古城

时隔多年，又来到这里
如今那个浣纱洗衣的女孩
自然不是当年那个
水边的彩石路
模样几乎没有改变
身板依旧结实、稳重
还愈发显得青春
神采奕奕

我一到来它就认出了我
破云散雾
送我灿烂阳光
报以亲切微笑

2019 年 7 月 8 日星期一，云南丽江

丽江客栈

跟着路边小溪，转弯
我来到你的客栈
你还是细腻地待在那里
坡上有草地，门前有溪流
屋后竹林，不悲，不喜
像远处的苍山、洱海
码头那株油桐
鹭鸶草、木槿花

金花阿诗玛一过去
每片水田后面
都有美丽人家

2019 年 7 月 8 日星期一，云南丽江

丽江之夜

我喜欢丽江的白天

更喜欢她的夜

她柳叶上的宁静

月光下的妩媚

喜欢她的餐厅有表演，酒吧有音乐

溪水有霓虹

彩石路上，总以为已经走出很远

其实她一直在身边

她的灯、影

流水

绵绵细雨

和心上的佳人

2019 年 7 月 9 日星期二，云南丽江

母亲，父亲

多年以来，试图静心，修行
可至今我还是无法轻松盘腿打坐
无法指转念珠，口诵心经
依般若波罗蜜多故，理应心无挂碍
却依然放不下
一台叫蝴蝶的缝纫机
一辆叫永久的自行车

2019 年 7 月 12 日星期五，湖南娄底

祝福爱你的人，和你爱的人，都是一个人

要大赦天下

宽宥一些花草在成长中犯错

哪怕曾经划伤路人

要原谅渡口，曾经空舟

无人摆渡

乐见玫瑰有刺，为你守护

为己守护

要懂得无法选择出生

就择一处终老

不希望你的未来

就是你的过去

祝福爱你的人，和你爱的人

都是一个人

2019 年 7 月 13 日星期六，湖南娄底

潮涨，潮落

海是不安分的
而金沙滩，是沉默的
它们是恋人，性格互补
是绝配，天作之合
粒粒沙子都不说话，说话的是风
浪，和旗子
还有帐篷边沿卷起的阳光

潮涨，潮落
它们总是在一起

2019 年 7 月 21 日星期日，山东烟台

大　暑

我所有的温暖，都不来自太阳
来自夏天大暑的坡上
葳蕤的青草
和青草上流动的羊群，流动的河
我还想念那里的一双双星星
但仅有天上明亮的眼睛
是不够的
还应有明艳的脸庞
阳雀的笑声
清凉的风

田野一朵朵开出的细小的欲望
才是我的花园

2019 年 7 月 23 日星期二，大暑，烟台

七夕，退潮

七夕，人间爱情
都在涨水
大海却在退缩
它曾经不顾一切想扑上去
的沙滩
现如今变得越来越不可及

落荒而逃
有些死去的贝壳留了下来
有些海草
还缠在礁石上

2019 年 8 月 7 日星期三，七夕，北京

想象中最爱的女孩

她一定是我最爱的女孩
比小，要大一点
比大，比她出嫁的年龄
又要小一点
她长得一定比她的妈妈，还美
我可能比她的父亲
更爱她

每次从外面回来
她一定会先扑进我怀里
叫我爷爷

2019 年 8 月 7 日星期三，北京

把芦苇的白发，染成黑发

从今天起，我要和你一起
面对秋天
面对田园一天天老去
荷塘也在褪色

我在想，如果把芦苇生出的白发
染成黑发
会是什么样

2019 年 8 月 8 日星期四，立秋，武汉

再回香格里拉

利奇马没有过湖南
我过了
虽然是家乡，但未敢多停留
台风挡不住我
我直奔香格里拉
香格里拉不会起风暴，也不会雪崩
她身在高原
却婉约得像藏在深闺的江南女子
一路上，菩提叶，格桑花，驼绒藜
小别重逢
仍是初次相见的样子

我注定是要回来的
但当时离开，并没有告诉她
她身着白云朵朵
一直在等我

2019 年 8 月 11 日星期日，云南香格里拉

真有天堂，即是香格里拉

来香格里拉
就要多准备一些时间
把她的身体，上到雪山
下到峡谷
都好好爱一遍
途中还可以看看中小甸花海
在白水台、依拉草原
稍做停留
穿过普达措的森林
到松赞林寺，挂起经幡
和那些虔诚的信徒一起
转动龟山的摩天经筒
把月光城，抱在怀里
如果你还想要见巴拉格宗
就住在云中的巴拉村
这里的祖先
千年以前来自四川巴塘
过着与世隔绝的生活
它的乱石、溪流、海子、香巴拉佛塔
千年凤凰菩提伸出的小手
都会让你流连忘返
错过归期

请相信我
她一定是超乎你想象的模样
世外桃源，灵魂净地

真有天堂
即是香格里拉

2019 年 8 月 16 日星期五，云南香格里拉

我握住金沙江一块鹅卵石

我紧紧握住金沙江一块鹅卵石
就像捏住了长江的元阳
这一生，它和江水没有恩怨
只重复做一个动作
翻滚，水磨
在沙石的重重包裹里
一点点消瘦，又更加圆满
闲时躺在沙滩
任凭日月风雨
欣赏自己

2019 年 8 月 17 日星期六，云南香格里拉

再别香格里拉

这么多次，这么多天
我应该还没有游遍香格里拉
但开始喜欢这样的人生
可以去掉雨头、雨尾
落在崇山峻岭
仙人掌上
可以低到峡谷
急流勇进，滔滔而去
可以高至千仞绝壁
长成一棵草
迎来彩虹

再见，香格里拉
谢谢你送我酥油花
白云朵朵
阳光在身上留下烙印
原谅你在我不在的时候
也许天晴
也许起雾
也许东边日出
西边雨

2019 年 8 月 17 日星期六，云南香格里拉迪庆机场

买了一个痒痒挠

现在，背上的痒痒
都可以解决了
但心上的
还是够不着

2019 年 8 月 28 日星期三，北京

空山可以望远

空山可以望远
心比云轻
脚步比青石板重
要上去，终究会有一些台阶
想把你留下
请你思考，走回头路
还是翻过这座山

山那边不一定比现在美好
但一定更加新奇

2019 年 9 月 4 日星期三，北京

白 露

这日子一页页幻灯宣讲到现在
秋天真来了
春夏开过的花，都有了结果
那些没有结果的
也心愿已了
蚂蚱三季
秋虫不语冰
雁南归

未来能喜欢的，只有鹅毛大雪
树上冻柿
还有我毛衣上
你的青丝

2019 年 9 月 8 日星期日，北京

在玉泉营花卉市场

在玉泉营花卉市场
我看园艺师把一株株植物精心植入花盆
云竹、兰草、青苔
庭院，楼阁
溪流，曲径
人
家

不过，他首先考虑的还是还是
找一块合适的石头
做它们的靠山

2019 年 9 月 9 日星期一，北京

度 化

我要离开这片水
离开它的一波三折，不然
它的眸子，就会看穿我
风，经过它
也变得捉摸不定，没有自信
山顶上栎木在点头
岸边的水草，在摇摆
接下来，谁也不知道在这里歇息的雁
来自北方哪里
去往南方何处

这里的天空总有一些缺口
来吸引湖面的雾气
升至天堂
而人间大到一树柚子
小到一只柑橘
都有金色的愿望
它们安于现状，清心寡欲
欣然接受度化
享受四季轮回
秋阳在林间穿针引线
也不忘先把自己染成五颜六色
才会落到地上

2019 年 9 月 17 日星期二，北京

106

秋意必经三元桥

破开那片雾的
不是岸上起飞的那只鸟
在水一方，大约就是你那个方向
秋丝瓜，还开着黄色小花朵
水草跃出水面

秋天的手艺是天生的
它画那么娴熟
笔触细腻，用色老到
不只是不小心打翻调色板那么简单
忍冬叶，一片一片地剥落
柞蚕作茧
野山参结出红色小果实

你和我要的秋意，必经三元桥
又堵在进二环的路上

2019 年 9 月 22 日星期日，北京

秋风带着好多温暖

秋分，分什么
昼和夜的长短
不必计较那么清楚
那些草木的果实何时孕育
如何分娩，年复一年
不会有人知道
阳光悄悄回到书桌前

秋风从西，或者北
独自出行南下
途经沙漠、戈壁、胡杨林
总能碰到一些美丽的人
和音乐
它遇见我的时候
有些风尘
但身上还带着好多温暖

2019 年 9 月 23 日星期一，秋分，北京

我只是借用了字典，用来赞美

这应该是这年复一年
四季轮回
最美好的时光
她成熟，风姿绰约
倾一城、一乡，做她背书
她从上到下，从左到右
从前，到后
妆容典雅，果实饱满
有花，不矫情
有水，不混沌，也不结冰
她身着五彩，仿佛从遥远而来
又似从天而降
每经过一个道口
云雀都会鸣笛，路人侧目
这一切无关招摇，只为提醒

我喜欢她，但这些语言和文字
都不是殚精竭虑的
我只是借用了字典
用来赞美

2019 年 9 月 23 日星期一，秋分，北京

山　坡

一到秋天，我们都有不满
都想从那些孔雀的羽毛
找到繁华，找到黑洞
找到合欢树下夕阳没落的证据
一路上，我们还不得不低头
面对落叶，和
丰满的山坡
闻到一小块青草
和它发出的沐浴的香味

2019 年 9 月 30 日星期一，沈阳

喀 左^①

喀左，我来
你不必让田野的玉米匍匐在地
可以让叶，留在枝头
它遮不了多少阳光也挡不了我多少月光
任它红，青春再灿烂
任它向别人点头，招手
满面笑容

这里的秋意，和春风一样
都不算过客
她们在同一个地方，都住过一季
年年都有爱情，有结果
而我对她们，春夏秋冬，四姐妹
一视同仁
喜欢上这里的碗坨、搁着^②、羊杂汤
大师刀下
紫砂泥

2019 年 10 月 4 日星期五，辽宁喀左

---

① 喀左：辽宁省喀喇沁左翼蒙古族自治县的简称，继宜兴之后盛产紫砂。
② 碗坨、搁着：都是喀左当地美食。搁着，据传是慈禧经过此地用膳太监要撤
下这道汤菜换新菜时慈禧说了一句"搁着"不让撤而得名。

茶卡盐湖

这不都是我身体里的盐
你还没来
但接你的铁轨，来了
我开车先到
途中压碎了很多盐花
伤了露珠心
云落湖面
它白，它轻，它飘逸
那些赤足、长发、花裙子
都比不过它

2019 年 10 月 7 日星期一，北京

九九重阳

今天我们登高吧
顺便看看哪里有茱萸
采一把，插在门口
告诉那些不速之客，我不在
我可能戴了香囊
去了湖上
或许有一段偶遇
会在岸上错过
但秋叶也会靠它的凌波微步
水上漂
走进湖心

2019 年 10 月 7 日星期一，北京

从寒露，到烟花三月

冬意开始在大江南北聚集
它们约定满山红叶
当烽火
暮霭，为狼烟
独有艳阳秋，还醉心棉田
试图挽留南风最后的柔情
不想化身戈壁

从寒露，到烟花
中间还有无数黑夜
它们有机会
挟持那些落叶，和枯草
来一次暴动
但漫天飞雪，总会出手
来写白

但这后来的三月
还会是我喜欢的扬州
无论你下江南，还是上江北

2019 年 10 月 8 日星期二，寒露，北京

套　娃

你有没有看到我的套娃
她从莫斯科，来到圣彼得堡
说是要跟随我
住一次欧洲一样的宫殿
然后坐马车
回乡下，白桦林里白桦林小屋
她说要和我生一排比白桦林还俊俏的儿子
比花楸树还美丽的女儿
儿子去劈柴
女儿去采花
她在家煮奶，绣长裙

你有没有看到我的套娃
在五月，我从中国来，她从莫斯科
来到圣彼得堡
说是要跟随我
住一次欧洲一样的宫殿
然后坐马车
回乡下
但在涅瓦河，一转身
我就失去了她

2019 年 10 月 9 日星期三，北京

每一片红了的叶子，都无药可治

在西山，每一片红了的叶子
都有斑点，我相信
这是一种病，例如斑竹
无药可治
这些天风又伤了它几处
不算刮落的柿子
雁羽，和蒲公英的种子
都感觉不到痛
霜一早起来就给它们打了全身麻药
冰，敷上了水洼
河水不再上涨
天空的云朵给着急回乡的雁阵
也让了路

2019 年 10 月 19 日星期六，北京

霜，花

请心存慈悲
今天一早你看到的每一柱霜
都是流落至此的外乡人
它们远道而来，已是饥寒交迫
除了这些枯枝败叶
别无所依，亦别无所靠
它们兴致勃勃开的花
也活不过雪

所以请心存慈悲
有时候温情，也是杀手

2019 年 10 月 24 日星期四，霜降，北京

恍如一生

没有树木会愿意

一夜之间红遍大江南北

有些季节的更替

需要付出恍如一生的代价

比如荷，比如夏虫

比如我不得不忍痛割爱春天的辞藻

比如我要眼睁睁看着你

走进层林深处

任秋风梳理你的长发

红叶纷纷飘下

2019 年 10 月 29 日星期二，武汉

回珈，回家

我随雁南飞
回到武大，珞珈满山幸福红叶铺地
应该不是用来迎接我的
我并没有告诉这里任何一个人
老师，同学，师兄，师妹
都没有，也无必要
因为我既不是宾客，也非游人
是她曾经的学子
现在的亲人
我只是回珈
回家

母校，您就让闪亮的琉璃瓦
金黄的银杏，芬芳的香樟，和静静的鉴湖，陪我吧
陪我在樱花大道，走走
闻闻一年一度的金奖桂花香
看看我曾经的老斋舍，是否还有人弹吉他
食堂是否人声鼎沸
图书馆鸦雀无声，梦里的小操场
是否还放着露天电影
然后，再陪我在情人坡上，坐坐
找找我的青春，长在哪棵树上
陪我在樱顶，吹吹风
听听久别的悬铃木在樱顶一次次用力摇响
上课铃
让我不由自主又走进那间安静的教室

再做一次聆听您
的孩子

2019 年 10 月 31 日星期四，武汉大学

在蕲春

在蕲春，每一株着红装的乌桕从万绿丛中跳出来
都是来听它旁边枯水河
浅吟轻唱的
大别山麓，赤龙湖湿地
是它的家乡
在这里，李姓过去一定是大户
李家的古窑，李时珍的本草
隔壁毕昇的夫人
都是例证
那些得道离开了仙人台的仙人
琴棋书画，应该有些功底
否则也不会落下笔架山
龙泉花海
白云观

大山深处，传来山歌
雾云山的晚霞眼看就要被他唱落
梯田起雾
白鹭耽误归巢

2019 年 11 月 2 日星期六，湖北蕲春

北京，我的磁铁

我每一次离开，注定是要回来的
时间久了
北京也是故乡，我的磁铁
那些胡同早已深深吸住了我
让我迷上她的深宅大院，高楼平房
哪个城市，都不会像她这么中规中矩、器宇轩昂
不会有这么多的红墙、琉璃瓦、皇家庙宇
和四季的颜色
喜欢的人

2019 年 11 月 3 日星期日，北京

惭　愧

我居住的地方
没有左邻，也没有右舍
唯一的对门，住几号人，几个孩子
孩子的父母做什么
都不知道
更不知道那里进出的老人
是这家早出晚归的男人
父母，还是岳父母

我甚至不如那个送快递的小哥
他还知道这家的名字

2019 年 11 月 4 日星期一，北京

立 冬

从今天起，我要收起翅膀
作茧自缚
请别和我说话，别勾引我
我要，冬眠

春天不来，我不破茧
你唤我
我也不醒

2019 年 11 月 8 日星期五，立冬，北京

124

木头，木头

这一莲秋梦
都是草本，木本

为什么那些美丽可爱的姑娘
总爱说
木头，木头

2019 年 11 月 9 日星期六，北京清华园

小　雪

只有原来才永远是原来的模样
未来和风，无定性
所谓青黄不接，指的是在没有遇见你之前
所有季，都断档
时光虚度
请落雪，我身体一定在某处还藏有一块盐碱地
那里供养着善良，和慈悲
它们都很轻，很白
和你一样
是我未出五服的亲人

2019 年 11 月 22 日星期五，小雪，北京

洋　姜

地姜，我还是想叫它洋姜
多年生，草本
它来自美洲，途经欧洲
巴洛克那些建筑师们可能收留过它
也许还入过伦勃朗的田园
又或遭洛可可遗弃
好在它流落到哪儿，哪里就是故乡
从来不用担心冬天挨冻
春天不发芽
它喜阳，喜迎风
生性干脆，随和，内心纯洁

我不只是喜欢它深藏于地下的果实
还喜欢它高挑的身体上开出小黄花

2019 年 11 月 24 日星期日，北京

锤子喜欢钉子

阳光怨恨屋顶
风厌恶墙
木头对钉子心怀敌意
钉子爱上墙
锤子喜欢钉子

2019 年 12 月 2 日星期一，上海

西去阳关

我确定，在上海，虹桥
三步之内，没有我可以触电之人
虽然她们一个个亭亭玉立
拥有春天的颜容
橱窗反射出光
点燃我心里暗藏的柴垛
烧得噼啪作响

陌生的人啊，谢谢你放下面具
朝我微笑，西去阳关
你就是我的故人
胡杨林肃然起敬
骆驼草格外亲切

2019 年 12 月 6 日星期五，上海虹桥

大　雪

爱有很多种
但她并不一定以你我想象的方式呈现
或许时间太久
她，和她的城门都起了包浆
城外飘大雪
请不要擦拭她
让她围炉，打坐，思想
抚古琴
任她以那些无名的痛楚
来袭击我

2019 年 12 月 7 日星期六，大雪，北京

冬　日

当我坐在小区的长凳上时
喜鹊刚刚飞走
它留下一根黑白相间的羽毛
就是想告诉我，我坐了它的位置

阳光从合欢枝头上照过来
除了剪影，空无一物
但我仍然享受着这美好的寓意
欣赏槐树上喜鹊的家

这一切都是欢喜的景象
白云在蓝天也呈现吉祥
要是在这样的冬日还能遇见你
生命就更加美好

2019 年 12 月 13 日星期五，北京

北京的雪

天降万千蝴蝶，我在其中
不为所动

2019 年 12 月 16 日星期一，雪，北京

宜兴，宜兴

高铁一停下，雾就从四面八方围了上来
宜兴，很像我阔别已久的亲人
多年不见，也不陌生
她身上淋漓的山水，都是素颜入画
本色上壶
美得不可方物

请把目光从她起伏的山峦，青黛屋顶
门前青梅，紫砂泥
拔出
钉在香气勃勃的青樟树上
闭上眼，用心呼吸这清新清凉的空气
让丝丝江南，沁入肺腑
作为刻骨铭心的初恋

2019 年 12 月 18 日星期三，江苏宜兴

冬至，让我们钻木取火

请容我和你一起，钻木取火
贪恋阳光，不贪恋金
要涉过冬季这条寒冷的河
你是绕不过去的坎
那些年爱过，也爱过我们的雪
还会提着白裙子
踮着水晶鞋
悄然而至
它和你，都是我空港断不了的牵挂
心心念念的名字
是我心中那幅
水墨
春天剪影

2019 年 12 月 22 日星期日，冬至，北京

绽放的玫瑰

——为张娜女士北京馆藏艺术中心画展而作

从我们心上起飞的
是你画上的蝴蝶
在我们心里绽放的
是你笔下的玫瑰
蜻蜓点水，羽翼轻盈
是你妙笔生花，传播幸福
挥洒自如

你画的山，巍峨高尚
你写的水，烟波浩渺
你创作的大地，江河浩荡
你描绘的田园，阡陌纵横
百花盛开，栩栩如生

你用古朴的陶罐，阐述心中的美好
你用干枯的花朵，诉说生命的坚强
你用精纯的铜板，铸造精神的永恒
你用山水的写意和油画的色彩
渲染心灵的纯粹，与
人性的光辉

你是美的使者，维纳斯的化身
是中华传统文化的传承与创造者
是新时代画坛的一股新风
一泓清泉

是艺术海洋一枝怒放的玫瑰
是带给我们视觉的
饕餮盛宴

2019 年 12 月 22 日星期日，北京

净域·祝福

——为顾天龙先生北京馆藏艺术中心油画展而作

您一定去过巴黎

您可能还没去过西藏

不要紧，请到这里来

这里蔚蓝的天空紧贴着庄严的寺院

这里恢宏的寺院紧挨着纯净的冰川

这里的冰川上都飘着白云

这里的白云都伴着雄鹰高飞

这里的雄鹰翅膀下是倾情的草原

这里的草原上流动着成群的牛羊

这里的牛羊都有人挥舞牧鞭

这里牧鞭的主人都有吉祥的高原红

这里的高原红和巴黎的霓虹不是一种红

这里的风景和那里的风景却是同样的风景

人物都是同样的人物

人们说从拉萨到巴黎航程八千八百多公里

时间需要十几个小时

请到北京来，请到北京饭店馆藏艺术中心顾天龙西藏巴黎油画

　　作品展来

他精彩的技艺将带给您美好的享受

它描绘的净域会献给您心灵一片净土

他画中的祝愿就是您

永远的幸福

2019 年 12 月 24 日星期二，北京

浮世，绘

日出东方
请让我隔岸观火，任爱燃烧一会
等雨从山里来
我就在身体里种草，长成草原
夏天一到，开很多很多花
齐刷刷，向你招手
都朝一个方向

要想尽办法把你留下来，一起放羊
游牧，在敖包唱歌
在间歇河，沐浴，浣衣裙
漫天星光像花一样
心底都藏着蜜
白云和蓝天，就是你和我
从此半生浮世
半世绘

2019 年 12 月 26 日星期四，北京

姑苏，姑苏

比起苏州，我更钟爱姑苏这个名字
姑苏城内杨柳留青，芦花泛白，吴侬软语
处处让人身不由己，情迷其中
乌梅枝，斑竹影
绿水环城，青山相依
狮子林里寻狮子，虎丘觅虎
拙政园内不参政
留园留不住，观塘观不够
我偏爱青砖、黑瓦、马头墙
花山顽石

店家，请割爱一把花纸伞
让我送给今天遇到的那个女孩
她从丁香的巷子里出来
细雨已亲上她的脸颊
我只是不想让风
再乱了她的长发

2019 年 12 月 29 日星期日，苏州

喜欢就不苦

要找一天，和你，无所事事
不听雨，也发呆
衣有破洞，亦不劳烦你
借花，补一朵，就好
粗茶淡饭，茅屋为秋风所破
也无妨

喜欢就不苦
比如咖啡

2019 年 12 月 30 日星期一，上海

新　壶

旧泥，新壶
装上老酒，2020，你要来
却不是风信子传来的消息
喜鹊早早就报了讯
窗外风雨，曾派十万兵马
护送
我只是坐等
把你要下榻的床笫，擦了又擦
酒，暖了又暖

2019 年 12 月 31 日星期二，上海

2020 你好，初次见面

离别的时刻已经来临
告别十二月，就是告别你
2019 再见，我们从相识，到相知
历时三百六十五天，八千七百六十小时，五十二万五千六百
　　分钟
三千一百五十三万六千秒
迎过风，淋过雨，受过冷和暖
经历过失败，获得过成功
无论欢笑和忧伤，都朝夕相处，从不离弃
但现在，我们不得不就此别过
原谅我不得不去迎接她，适应一段新感情
对她好，容她小脾气
和她一起成长
爱上一切即将到来的陌生和新鲜的事物
接受挑战

2020 你好，初次见面
请多多关照

2020 年 1 月 1 日星期三，元旦，上海

许你 366 个良宵

2020，许你 366 个良宵，与你共度
不像今天的雪，只是昨晚来了一夜
抽丝剥茧
让风穿越你的雾，揭开你的面纱
剥落华服，阅尽坡上梨花
桃花，霜花，鸢尾花
进入你的森林
防空洞
阳光推开睡莲，蜜入花心
烟花绽放

2020 年 1 月 6 日星期一，北京，雪

南宁，南宁

我值机晚了，得到一个安全出口的位置
这里应该是离南宁最近的地方
距春天最短的窗口
人们常说的天外有天
大概就是我看到的景象
白云在下是一片
蓝天在上是另外一片
我宛若神仙
在天与天之间，逍遥自在

身下的树木，长得高大而又渺小
有的花开，有的叶茂
有的连理，有的并蒂
但都没有牙齿

2020 年 1 月 9 日星期四，广西南宁

潮 汐

这一生，我不可能只对你一个人好
一刻也不能分割，除了祖国
我最眷恋的是空气
那些花花草草，都是匆匆过客
门前槐树，历经数百年
我依然熬不过它
喜鹊喜欢在它身上安家，应该也有了几代
我钟爱的事物，有大于宇宙
我关心的生灵，有小于蚁族

大海，车道，和女人
都有潮汐
其实我很想
只对你一个人好

2020 年 1 月 11 日星期六，广西南宁

恭城山

才疏学浅，到这里
才明白闭月羞花
原来就是这个意思
恭城山下桃花开，梨花开
油菜、柿子、木棉花开
都开不长

树叶片片落下
去掩盖溪流闲言碎语
云朵蜂拥而至
捂住天空的眼睛

2020 年 1 月 14 日星期二，北京

大 风

我一张口，就喝下一口
一张口，就喝下一口
几步下来
我就醉了

2020 年 1 月 16 日星期四，北京

和田，和田

你一定没意识到戈壁的绿洲
冬天也会落叶
喀拉喀什与玉龙喀什
那些岩蚀，沙堆成各种形状
风花了不少心思
我爱的馕、杏仁、葡萄干、手抓饭的店铺
到处都是
清真寺传来忏悔的声音
和田玉，一团和气
都在和田

2020 年 1 月 19 日星期日，北京

新春的光芒

我们终于和新年的钟声一起
修成正果，功德圆满
期间虽然空度了一些刻舟求剑
缘木求鱼的
竹篮打水时光
但这一切都物有所值
幸福，美好，安康

人间三月、四月，芳菲已依约候在不远处
门庭换联，室内除尘，水仙花开
都是为了一个崭新开始
窗棂内外
散发出新春的光芒

2020 年 1 月 25 日星期六，正月初一，北京

许　愿

其实今早湿漉漉的雾，都是月亮昨夜
摊开来，要晒的
月光
然后那些山，踩上去
泉水从山脚挤出

现在我们要避免谈及爱情，防止心肺
又各中一箭
欢乐的坛口也要封上，窖藏一段时间
但不苟且
可以专心在家看书，学习，修身养性
或者，念经，普佛
回向众生

又或者，悄悄许个愿
对自己挚爱的人
也秘而不宣

2020 年 1 月 29 日星期三，正月初五，北京

真雪无香

一场成功的大雪
来到人间
是做过充足准备的
她去的每一个地方
都是既定的目标
有的到了城市
有的去了乡村
有的覆盖了草地，填补了山沟
有的装点了他人窗户
梦里风景

连梅也喜欢她冰清玉洁的身体
白衣天使，真雪无香

2020 年 2 月 2 日星期日，北京，雪

孤独的人

原来我总认为
孤独的人在家里
这个春节之后
我才发现，孤独的人
在路上

2020 年 2 月 9 日星期日，北京

因　果

算上前世，我们至少爱了两次
桃花年年开，都结新桃
春风千里而来
却是旧相识
篱笆等出铁锈色

下辈子你我一定还能再见
因为今生
我们还彼此亏欠

2020 年 2 月 14 日星期五，情人节，北京

工夫茶

时光，就这么一小杯
一小杯
被喝了下去

2020 年 2 月 21 日星期五，北京

待客之道

每天把我吵醒的，主要是麻雀
可能还冤枉了鹈鸰、缝叶莺，或者白腰侏隼
它们并不齐心，却声音清脆，洪亮
欢快
温良恭俭让，它们并没学会
亦不谙待客之道

昨夜我独自看星星，外出有点晚
但进出如猫，并没惊动谁
今天我没想这么早起来
它们还是组团叫醒了我

2020 年 2 月 25 日星期二，柬埔寨上丁

上丁之云

要想让灵魂走得更远
就必须先舍弃肉身
上丁的云，和菩萨
它们都做到了
我还是凡夫俗子
一日三餐
食，色，性

不过我比那些路边橡胶树
好点
它们每人腰上都拴着一个碗
像一群瘦骨嶙峋的乞丐

2020 年 2 月 25 日星期二，柬埔寨上丁

156

吴哥窟

别以为藏身丛林数百年
就会不为人知
苏利耶跋摩二世修建的你
我大概知道
但谁给你取的名字，未做深究
我见过，至少有三个称呼
比你洋气
女王宫，桑香佛舍，毗湿奴神殿
这里所有荒废的庙宇、佛塔
都比不上墙上的雕刻
它们都怀揣舍利，有菩萨心肠
露慈悲微笑

吴哥，请允许我离开
让落日为你披上红色袈裟
菩萨安心打坐，僧人专注念经
洞里萨湖
吹来蓝色的风

2020 年 2 月 28 日星期五，柬埔寨吴哥窟

留 下

要么留下阴影
要么留下伤

阳光在我身上
从来不白走一趟

2020 年 3 月 2 日星期一，柬埔寨金边

湄公河的早晨

湄公河的早晨
还在旱季
它路边摊卖的荷花
没有一朵是开的
无论行人走多近，广场上的鸽子
都懒得起飞
清洁工忙着抽湄公河的水
冲河堤垃圾
一个流浪汉执一支枯萎的玫瑰
流浪在大街上
那可能是昨晚有人
抛弃的爱情

我今天就要离开这里
还真没什么留恋
如果还有什么念想
那就是芒果青涩
木瓜还未成熟

2020 年 3 月 2 日星期一，柬埔寨金边湄公河畔

一跃而起

要在惊蛰后一跃而起
和燕子冲进雨里，躲开枪口，和桃花
衔着泥，去迎接你
然后，我们一起
拜一尊惠风和畅的四面佛
祝福苦楝树，重获新生
一河水，再度丰盈
莲蓬受孕，不怪小蝌蚪
池塘长出浮萍
鹅卵石得以滋润
水葫芦开出紫色花

2020 年 3 月 5 日星期四，惊蛰，北京

点　赞

这段时间，每天干得最多
最顺手的事，就是

给同学点赞
给同事点赞
给朋友点赞
给家人点赞
给陌生人点赞

给自己点赞

2020 年 3 月 11 日星期三，北京

你说梨花

闭目养神，
我靠的是《心经》，这季节
腹内诗书，都生根
开了花
有的，还长出了毛茸茸，新梗
风一吹，它们就摇摆
沾惹一身
阳春水

窗外，一朵花落
我说桃花
你说梨花

2020 年 3 月 13 日星期五，北京

家 园

离家之后，江南对我而言
都一样，都是故乡

出国之后，祖国对我而言
都一样，总是母亲

如果有一天，我们移民太空
地球对我们而言，都一样
那曾是我们相亲相爱
的家园

2020 年 3 月 14 日星期六，北京

吓煞人香

春天千万岁，我看见她身体上最古老的光
有最年轻的生命
开了樱花，又开桃花、梨花
含羞、含笑、合欢
她们都有美好的名字
除了碧螺春，在乾隆之前
叫吓煞人香

2020 年 3 月 16 日星期一，北京

红　唇

这么多年下来
在天堂的人
应该比地球上的人多了
地狱也很拥挤

远方山茶花
还在念一个人的名字
野外山火
舔着红唇

2020 年 3 月 18 日星期三，北京大风，部分地方还有山火

因为思念的缘故①

因为思念的缘故
我读了《英儿及其他》
因为英儿的缘故
读了英儿的诗

因为英儿的诗
突然
不再忧伤地想到你

2020 年 3 月 21 日星期六，北京

---

① 《因为思念的缘故》是顾城的海外诗歌卷（上下）；《英儿及其他》是顾城的
小说卷；《突然，不再忧伤地想到你》为英儿诗集。

像风一样分开

跟杯子一样有缘
像风一样分开
比界碑还坚定
和溪水一样活泼

比天上还有光
比地更深沉

2020 年 3 月 22 日星期日，北京

合 上

没人可以填满沟壑，废弃的矿井
那边的春华，都很寂寞
有秋实，也不多
两颗，或者三颗
伟岸的松树落下空虚的松果

我喜欢蒲公英，因为它会飞
不喜欢蚌
是因为它已经合上

2020 年 3 月 23 日星期一，北京

春 天

我喜欢荒草，遍地
胜过寸草不生
那些毛茸茸的小尖尖
它们刺激，却又不真刺疼

传说中的沙丘，或者鹅卵石的光面
他们称其
白虎

2020 年 3 月 24 日星期二，北京

三月三

溯河而上，我要去的乡村
在小山半深处
那些灌木，和茅草，一天天茂盛
长成欢天喜地的模样
三月三，我们不对歌
就此静坐
听雨，看风。听雨打桑叶
不落芭蕉，看风过秧田
泛起小波浪
池塘荡起小春心
一圈，一圈，渡至岸边

岸上豌豆苗，爬那么高，花开那么好
一定也是
在等什么人

2020 年 3 月 26 日星期四，三月三上巳节，北京

樱 树

风雨都被挡在灯泡的外面
这群樱树上，有光
有光，就有希望
飞蛾可以扑火
渔人能靠上码头
鹭鸶，柳丝
浪，也在追逐它

三月之后，它下面
会长很多草
很多我认识
很多我不认识
它身上的花
比去年，都苍白

2020 年 3 月 26 日星期四，北京

白玉兰

不需要证明我的清白
和与众不同
在春天，我开这么素净
是给自己看的

如果有人懂
也是开给他看的

2020 年 3 月 27 日星期五，北京

千屈菜

纵有千般委屈，万般怨念
且在春日放下
去迎接石缝里的每一线生机
惊喜光，在桃林留下斑驳
在人群闪烁
世上本无菩提
一切因果
皆因心存慈悲
和爱意

2020 年 3 月 27 日星期五，北京玉渊潭

浆　果

桥
遇水而安
春天得以从南岸，渡至北坡
人间四月，上田头山野
寻芳去
那些在册的，和不在册的
都已如约而至
然燕瘦环肥，皆非吾所欲
所以请你和我一起
爱小麦，爱稻花，爱蛇果
爱她们身上的香草
和浆果

2020 年 4 月 8 日星期三，北京

沙　滩

打一把伞
椰林高高举起它们的冠
让椰之子
离天空更近一些
阳光撕开叶
去窥视你

而你在沙滩
像沐浴的拔示巴①

2020 年 4 月 9 日星期四，北京

①　拔示巴：《圣经》中重要美女，因沐浴被大卫王看到而一见倾心。

春天的密码

爱她，就要好好珍惜
从草地的厚度，开始度量
她的高度、宽度
深度
手可盈握度
探险山峰与深谷，走不为人知的丛林
懂得她每一个伤疤后
石头缄默的故事
要拥有她每一道门的密码
每一把锁的钥匙
在她温暖、潮湿、柔软、隐秘
的部位，都藏下指纹
和吻痕

2020 年 4 月 11 日星期六，北京

我喜欢这样的生活

院内略长蒿草
天空飘篾箩状云
鸡鸭自由穿行，猫狗可以慵懒
水中游鱼，叶上生虫
菜园容忍芨芨草，黄金白银结瓜
前路起缓坡，屋后藏深山
门前清泉潺潺
桃花流过

2020 年 4 月 12 日星期日，北京

杨柳絮

苍天在上
大地在下
又不是种子
还这么辛苦飞
你到底是为了什么

2020 年 4 月 13 日星期一，北京

这一个春天我们没有匆匆度过

坐起看书
山门已空虚很久，因为风入
而裂开
这一个春天，始于杏扑粉底
玉兰展素颜
种子在土壤里一点点湿润、丰满
直到拱出地面
伸开胳膊
喜鹊孵新卵
远山在风雨里画眉
而我想落草为寇，口含葡萄美酒
循着丁香
找到月光发源地

2020 年 4 月 14 日星期二，北京

心　事

春天早已打开冬所有的心结
夏快要来临
不过此时她孕育的花苞
有的还只有十三岁

天上羊群
满腹心事地吃着草
湖面飞鸟
划破水里的云

2020 年 4 月 18 日星期六，北京

空　蝉

弃你而去的，只是肉身
灵魂还在
这个春天注定要孤独
夏天才会茂盛
有结果
其实世间所有的伤心与磨难
都是善知识
清水迟早出芙蓉
雨入江湖

2020 年 4 月 19 日星期日，北京

春天，春天

鸟上枝头，倾诉我爱
它们热烈的目光，点燃黎明
千年古寺，迎来新客
菩提叶叶舒展
沃野千里，春江泛滥
霞光照亮沼泽

面对春色，沉寂的山塘耐不住寂寞
风从山花来
鱼跃水面
荷从水底伸出一只只吸盘

2020 年 4 月 20 日星期一，北京

春华，秋实

我为春华，落日，和归帆
喝彩
不因秋实而饱满
金银铜铁钙，大山有的
我身体里都有
骨骼不输与竹节

没有一条大江大河
都有伟大开始
我从涓涓细流出发
汇入大海

2020 年 4 月 21 日星期二，北京

爱是那些暗物质

我坐看日落
等夜的潮
一点一点涨起来
天空执白云，擦亮星辰
流水打磨月光
山川消瘦
桃花在东边谢
梨花在西边开
春天雾，已起七级浮屠
慈悲为怀
爱是那些暗物质

2020 年 4 月 22 日星期三，北京

诗歌可以用来起舞

诗歌可以当号子
可以起舞，可以击瓴，打节拍
可以酒后哀歌
可以用来发离骚
可以左迁当作琵琶泪
让苏小小、李师师、柳如是、董小宛、鱼玄机
从良
老大嫁作商人妇

2020 年 4 月 23 日星期四，北京

是春天，也会老

说年轻
只剩下心态
邻家有笋，已成竹
蜜桃挂果
原野日渐丰满
人间到四月
是春天，也会老
所以，请入夏，那里还有莲花
开给你看

2020 年 4 月 23 日星期四，北京

山寺桃花

人间四月，芳菲尽
我在山寺，踟蹰不前
清风一阵
又一阵
喜鹊报讯
菩提声声催

施主请进，我有桃花
容颜还是去年

2020 年 4 月 24 日星期五，北京

一生不开花

养了十几年的非洲茉莉
一直没有开花

一直没有开花的非洲茉莉
现在就要死了
它的一生
至死
也不开花

2020 年 4 月 24 日星期五，北京

春　水

你早已不是那河冰冷
面无表情的水了
岸上有新绿
心底又长出新草
还让鸭子，感觉到温暖
月光，在流动

你明知道我喜欢
怎么还要派那些小蝌蚪
来勾引我

2020 年 4 月 27 日星期一，北京

任它性感，略带沙哑的声音

我要向春来茶馆，讨最后
一杯水喝
告诉阿庆嫂，我要的就是不简单
就是要有芦苇荡
风雨不倒伏
洪水不随波逐流
密不透风
又朝气蓬勃的样子
再听它唱歌，特别是在夜里
任它性感
略带沙哑的声音
灌醉我

2020 年 5 月 4 日星期一，沈阳

立夏天之愿

但愿你我以后
每一个春天
我们不再掩面而过
哪怕岁月早已留下痕迹
我也愿意以真面目示人
不要春天开那么多花
我们还两手空空
那么多热情洋溢的风
都白白吹过

2020 年 5 月 5 日星期二，立夏，沈阳

我还没想好要写什么

像南柯一样，想入非非
细雨下了半天
门前枫，显得愈发精神
风把叶子，都翻检了一遍
片片都是青春
最好的模样
墙边高枝月季
已经不止一次落泪
朵朵惹人怜
那些芙蓉，争先恐后出水
莲叶举着伞
都是想来
看人的

可是，多么遗憾
雨都快停了
我还没想好
要写什么

2020 年 5 月 8 日星期五，北京，雨

穿短袖的季节

夏天来了
是的，我们穿短袖，穿短裤
穿拖鞋的那个季节
回来了
一起去乘凉吧
看烟花
追萤火虫
数流星飞过银河
回想起那样的夜晚
她为你摇着花扇子
哼着摇篮曲

2020 年 5 月 10 日星期日，母亲节，北京

戳太阳

石榴花在一旁努力开
丁香散发诱惑
年轻的妈妈在草地上吹泡泡
她女儿跟着跑来跑去
忙着戳太阳

2020 年 5 月 10 日星期日，母亲节，北京

我有什么办法呢

我有什么办法呢
夏天这么火辣
门关了
她还能从窗户外爬进来
我只好比春天
更热烈地拥抱她

2020 年 5 月 12 日星期二，北京

银锭桥之夜

我来时太阳已经落地
前海和后海，和前浪和后浪不同
中间有银锭作桥
渡了左岸和右岸，相思人家
但今日舟桥清冷
风稀疏
莲花无人欣赏
酒吧无人唱歌，击鼓，吹埙
杨柳垂青，灯光暗处
无人窃窃私语，偷偷接吻
或向隅而泣
仅有一些可爱的灰鸽子
饥肠辘辘
夜夜无家可归

2020 年 5 月 14 日星期四，北京

证　物

我是光着身子来到人间的
所以离开的时候
也不准备带身外之物
只穿一身衣裳
作为来过人世的证物

2020 年 5 月 16 日星期六，北京

小满足

今天我也有些小满足
网上买的书
刚好送到，维斯瓦娃·辛波丝卡
是个好名字
丝瓜长出新叶
露台又开出了花
孩子送来越洋问候
母亲早起晒衣摔跤，幸为小伤
父亲老病无恙
全家心安

2020 年 5 月 20 日星期三，小满，北京

初　音

要远离红尘
归隐山林
做一位绝世隐者，田园高手
专注野樱桃，紫葡萄，蛇莓
新鲜的鸢尾
带露青草
蝉不食人间烟火，它发出的信号
才是我的初音
栀子花
是我要的香

2020 年 5 月 22 日星期五，北京

渔樵耕读

我把大海的浪，藏在心里
和你，去三天打鱼
两天晒网
这两天，不耕，不樵
只用来读书
书中有女，但为数已不多
你是聊斋中的一页
是我早在前世
那个勤奋善良的书生
放生的狐

2020 年 5 月 28 日星期四，北京

天鹅与丽达

我从来不把你比作夏天
顶多把你比为五月
此时原上麦子，粒粒饱满
它们都以幸福的麦芒从芸芸众生
脱颖而出

它们看见了蓝天
看见了飞鸟
看见河边有人在浑水中摸鱼
看见天鹅在思念丽达

2020 年 5 月 30 日星期六，北京

迷 宫

我进得有些莫名其妙
或者身不由己
情不自禁
这些名叫诗歌的通道，很多
但只有一个门
和出口，而我在其中
所谓舟车劳顿
是不存在的
还有风，从阴凉的巷子吹来
潮湿得像梅雨
却远远不够

2020 年 5 月 31 日星期日，北京

汉　字

我说过要滴穿你
现在雨水不够
可能还在路上
幸福总是来得很迟钝
但迟早的事

缘分就像远古流传下来的汉字
那么多
你父母偏偏为你
选中了那两个

2020 年 6 月 1 日星期一，北京

题丹麦美人鱼

请借我一张网
撒下去，把你网上来
我会耐心教你识文，断字
母亲教你针缝，织补
做刺绣
你教我游泳，唱歌
一起生儿育女
你没有腿，没有关系
我，和我们的孩子
推你去看海
那是你的故乡

2020 年 6 月 2 日星期二，北京

问天再借五百年

六百年后
我俩就没什么认识的人了
连最亲最亲的
也出了五服
只好相依为命

2020 年 6 月 5 日星期五，北京

六　月

六月的每一场黄金雨
都一一击穿了我心底的
鹅卵石
莲花受孕
泉水漫过脚背
那些青草想一生守护的湖面
也起了水花，长了浮萍
我还没许好愿
白云观那个面貌姣好的居士
就敲响了木鱼

2020 年 6 月 11 日星期四，北京

每个人的故乡，都不同

我的故乡和我见过的别人的故乡
都不同
她们都孕育过无数游子
但她山峦浑圆，腹部坦荡
河流两岸
都是鱼米之乡
原野有着成熟的魅力
花草树木散发出青春的光彩
和香气

每年候鸟南去，又北往
而我对她
从不三心二意
情有独钟

2020 年 6 月 16 日星期二，北京

晨

晨光破晓，皆非为我来
她每次都佩戴南红、玛瑙、青金石
和田玉
擦淡淡的胭脂，玫瑰红
让我忘记，她素颜的样子
其实还有珍珠白

她身上的无花果
长这么甜，藏这么深
我总觉得应该对它
做点什么
或者，索性就放任牵牛花，再爬高一点
到她耳边，吹响喇叭

2020 年 6 月 17 日星期三，北京

木 耳

分身乏术，索性就静下来
沉下去
好好读一本书
写一首诗
或者，认真看一株草
怎么起霜，怎么结露
枯木长出小木耳
幸福从葡萄架上
一串串
垂下来

2020 年 6 月 19 日星期五，北京

那个夏天

太阳花了一整天的时间
终于熔断西山
星月，取走余晖
凌霄起了倦意
知了下班
萤火虫开始巡夜
夜来香展开了她的身体
暗影袭来

我曾经的最热的那个夏天
是因为有你

2020 年 6 月 21 日星期日，北京

六月小雨

蓝了很久的天空，开始下雨
一点一滴
下得很清晰
路上的人们不打伞
雨刷器也不开启

水面有些涟漪
主要还是风的缘故
她来，并不想惊扰大家
绿篱也不着痕迹

2020 年 6 月 23 日星期二，北京

西阳，我的故乡

你一定不知道西阳河
地图上找不到
我心里才有
它曾属楚国，和汨罗江一样
最终都流入了大海
留下西阳，成为故乡
那些被它养育的菖蒲、艾草
不止一次亲近我胸口
点湿我衣裳

2020 年 6 月 25 日星期四，端午，北京

伊甸园

今夜，就听雷
任闪电扑打窗棂
和瓜叶
风，一声长，一声短，才令雨
错落有致
那些树，披头散发，都做
不规则摇摆

她从伊甸园，摘下叶
还顺走一只
青苹果

2020 年 6 月 25 日星期四，北京，雷雨

山风，还俗而来

总在路上，一定会遇见我们的前世
来世，或者
宿缘
那些原野之花，一次又一次
让我们心动，惊喜
就不是漫无目的地开的

山风，因此
还俗而来
每个清晨都有了少女模样

2020 年 6 月 28 日星期日，北京

启 程

当雷成为过去
晴就是最好的朋友
那些新草小心翼翼举着水滴
需要绝对的修养与
心平气和
远方云雾随山峦起伏
溪流像要倾诉什么心事

我准备好启程的车票
就是想让漂亮的列车员
在上面
打一个孔

2020 年 6 月 29 日星期一，北京

忍冬之夏

要赶在六月之前
发芽，拔节，结苞
长成小家碧玉的模样
或长发及腰，或披枝散叶

夏天太毒
请允许苹果只用来脸红
蜜桃可以窈窕
凹凸有致
南风不问卷帘人
忍冬开出浅黄的花

2020 年 7 月 2 日星期四，北京

鱼有七秒记忆

鱼有七秒记忆
我不止
春天给我的青梅竹马
夏日初恋
我记忆犹新，放任阳光
在手臂
留下烙印

稗子在稻间，终于出人头地
但愿它不会
遭到报复
我把每一个空瓶
都插上绿萝，繁衍新的生命
以此来纪念小暑
迎接大暑

2020 年 7 月 6 日星期一，小暑，北京

笑傲江湖

要论身材，和颜值
也就荷
可以笑傲江湖

2020 年 7 月 7 日星期二，北京

庭院里的花草，那么欣喜

雨从西边来
带着天上清凉，和山味道
它一定还得到过各路神仙的许可
和通关文牒
再来我家敲窗户
盖一个个印

其实不用这么繁琐
庭院里的花草
那么欣喜
我就知道它来过

2020 年 7 月 15 日星期三，北京

槐　花

落下之前
它们一定都发过誓
许过愿
来年还会回来
回来依旧成群结队，密密麻麻
但不大张旗鼓，不嚣张
安静，低调
比米粒大，比爆玉米花
小
像细雨润物
忽略流水
给它们带来的流言

2020 年 7 月 16 日星期四，入伏，北京

一朵花，去亲另一朵花

风行旷野
它们也有方向
稻浪，柳荫，荷塘，瓜棚
新燕之羽
或者，冬向南
夏往北

就像我爱的城市
绿灯亮了，所有的人
都朝斑马线涌去
一朵花，去亲另一朵花

2020 年 7 月 20 日星期一，北京

卑微之事

有一些情感，需要特定的日子
才能倾泻
比如蝉鸣盛夏，月圆中秋
雨，下在清明
月黑七月半
风高才有特别意义

我不同，无论刮风下雨
阴晴圆缺
都和蚂蚁一样
无闲物喜，无暇己悲
天天忙碌
行卑微之事，做细小之功

2020 年 7 月 21 日星期二，北京

消　暑

何处消暑
汲泉，抿茶
歇柳荫下，住荷塘边
在水一方
请风，从薄荷叶间，穿过来
娶铁扇公主
扇芭蕉扇
与高原一株苜蓿草
讨论宿命

2020 年 7 月 22 日星期三，大暑，北京

野百合

我不清楚，山上那棵野百合的主人究竟是谁
谁让她，在最美好的时候开了
又留她在风中
凌乱

薄荷隐瞒了身上，大大小小的伤
但它还在努力释放
小剂量的凉
树上松果，开始一层层
坚强起来

2020 年 7 月 26 日星期日，中伏，北京

休 想

休想用一条艾灸
就驱除我身体里所有的湿
你远远不知道，除了长江、黄河
我左臂还藏着雅鲁藏布江
右臂藏着怒江
如此丰富的水量
爱，得以生存、繁衍
它们都有灵巧的身子，和良好水性
途经青山、莲池、芦苇荡
它们的青布衫、绿色的裙摆、碎花连衣裙
风刚刚撩过
那些大大小小的雨，也匆匆忙忙
共赴巫山
只有岸上翠竹，和青松
正襟危立，一个个
都像正人君子

2020 年 7 月 31 日星期五，北京

秦淮之夜

现在去秦淮看灯
已晚数百春秋
虽然乌篷船还从雕梁画栋下摇过
但那些华丽的门窗
早不见董小宛、李香君
墙上，案头
也不是当年的琴棋书画
诗酒花茶

任水匆匆，时光倒流
文武桥上再起花轿
油纸伞，青布衫
我得以做回我的穷书生
你当你的状元郎、金驸马
左青龙、右白虎
前朱雀、后玄武
大街小巷，满城尽带黄金甲、解语花
董小宛，顾眉生
夫子庙
绛云楼
红豆馆
贡院

2020 年 8 月 7 日星期五，立秋，南京

秋天之愿

请在枝头，留一片叶
一枚坚果
任野菊花肆意招摇，莲蓬饱满
板栗松开它保守的身体
蝉，作最后清唱
天从北极开始
黑下来
不让远方的人
看见家乡的炊烟

2020 年 8 月 12 日星期三，上海

只要我在半山坡上喊一嗓

车窗外风景
翻过一篇，是青山
翻过一篇，是绿水
故乡，就这样反复回看
也不厌倦
无论是下雨，还是刮风
这里恼人的，只是夏虫
它们住在枇杷叶下，柚子花心，鱼腥草丛
和我同一个院子

虽然原野上还有很多蒲公英
刺梅，冬瓜苗，豌豆尖
不认识我
但只要我在半山坡上喊一嗓
云雀就会献歌，众鸟和声
白鹭欣然领舞
蝉清唱
阳光和稻浪
扑面而来

2020 年 8 月 15 日星期六，湖南娄底

爱竹说

我喜欢你挺拔秀丽

骨骼清奇

又喜欢你节外生枝

漫山遍野手拉手

亲密无间

我还喜欢你节节饱满、圆润

枝枝青翠欲滴，叶叶喜上眉梢

喜欢你春风夏夜秋日里身影婆娑，和对我

窃窃私语

2020 年 8 月 16 日星期日，湖南娄底

老 宅

它苍老的身子
已经撑不起那么多瓦
哪怕那些瓦，很轻
墙角的纺车也很久不吟唱
犁，散了架
蓑衣结满蛛网
每一块砖，和砖与砖之间的缝隙
都长满青苔
像块锈迹斑斑的
铁

2020 年 8 月 18 日星期二，湖南娄底

海瓜子

果然有春天，还藏在这里
鹅毛是新羽
水是清泉
蝴蝶在深山，又找到了爱情
一朵，一朵，又一朵
野蜂也有新蜜

故乡啊，你是我不败的桃花
常青的竹叶
密密麻麻海瓜子
身体里
的盐

2020 年 8 月 19 日星期三，湖南娄底

无敌海景，敌不过春风一度

大海烁金，用尽了夕阳最后一丝火力
海滩上红色的沙砾
即是明证
栈桥禁行，小艇落帆
远处的灯塔
开始指引远洋船
八大关的红瓦，片片都对准了
军舰的炮口
潜艇浮出水面
潮，向后退

如果此刻海风吹走了我的背影
请点燃星星
作陪
海燕归巢，卷拢灰白翅膀
浮山所之夜，从不走空
有雨，有风
这里的一年四季都有无敌海景
但敌不过春风一度

2020 年 8 月 27 日星期四，青岛

黄河组诗

近看黄河

第一次这么近看黄河
它紧挨着我
就在左边脚下
我差点就要跨上它的泥水马车
咆哮而去
瞬间就人车全无
你只听到风
逆流而上，迅疾而来

爱黄河

爱黄河，就是要放下优雅、高冷
摒弃精致
爱粗犷，爱勇猛
爱放荡不羁，不墨守成规
爱为爱
义无反顾

也爱它两岸的沟壑
和急于背井离乡的泥沙

父亲河

我一点也不觉得它是母亲河
说是父亲河
我可能还能瞧出点端倪

你听，你听，就冲它这嗓门

这脚步

就很像我父亲

2020 年 9 月 1 日星期二，甘肃兰州

夏河，夏河

我是秋天来的夏河
所以别问我夏天的夏河
长啥模样
现在的她，就在我身边
静静地淌着，躺着
像睡美人
不清，也不浊

岸上的格桑花
牧草
听惯了经书
一副逆来顺受的样子

2020 年 9 月 2 日星期三，甘肃甘南藏族自治州夏河

再访拉卜楞寺

拉卜楞寺，我怕忘了你
所以又来了
请别见怪，上回那一群朋友
这次只到我一个
到这里，请让我双手合十
默念观音心咒
心生大欢喜

上次我没许愿
这次也不
我佛慈悲，这一生我的愿望基本都实现了
现在心如明镜
照见天空，照见你
照见你像酥油花，依然是五月
青春模样

2020 年 9 月 2 日星期三，甘肃甘南藏族自治州夏河

236

在拉卜楞寺

请给我灌顶、受戒
我的上师
佛、法、僧
请让我皈依，皈依这里的
山、草、木
格桑花
大道
尘

再让我还俗
云游
一袭布衣、布鞋
那些尘世间的爱恨情仇
都装里面
谁没有
就舍给谁

2020 年 9 月 2 日星期三，甘肃甘南拉卜楞寺

九曲黄河

我们就在阿万仓
九曲黄河的第一道弯上
相聚吧
很多的人和事
要经过很多的曲折，才会在拐角
遇到爱
一路同行

但我还是想从源头，就不错过你
不错过高原
最初
最美的风景
满目疯长的水、草
都是我们的友情
和爱情

2020 年 9 月 3 日星期四，甘肃甘南阿万仓

在桑科草原

今夜，没有什么可以把我
惊醒
这里静如寺院
心如菩提

在黄昏
宁静寂寥的桑科草原
任何欢笑，起舞，弄影，看日落
都会惊落狼毒花
苜蓿草
七月半的月亮
从东边山冈隆隆升起
未辜负这里的青稞酒、酥油茶
更无法推却，朋友的盛情
他们早点燃了我们心里的篝火
迎接我们的到来
让甘南的早秋，胜过热情洋溢的晚春
和盛夏

今夜，没有什么把我
惊醒
这里静如寺院，心如菩提
有大满足

2020 年 9 月 3 日星期四，凌晨，甘肃甘南夏河

郎木寺，郎木寺

喜欢这里

喜欢这里山绿、草厚、庄严的僧侣穿红袈裟

喜欢这里的喇嘛打坐

居士诵经，年迈的阿妈

转山，绕塔，叩长头

喜欢这里的酥油灯长明

糌粑常香，经幡起舞

转经筒不停歇

白龙江不干涸

喜欢这里的女子

黑眼睛，长头发，粗布群

淡淡的高原红

2020 年 9 月 4 日星期五，甘肃碌曲县郎木寺

奈何不了我

头略微有些涨疼
这是高原对我的惩罚
太多的美，让我尽收眼底
又用镜头带走
那些旱獭，也不干
经幡噼啪示警
牦牛挡道
秃鹫，盘旋在头顶
但我不怕，因为我知道
它们奈何不了我

2020年9月4日星期五，凌晨，甘肃甘南迭部

扎尕那，扎尕那

九月的扎尕那
洗尽铅华，她布衣裙钗
正是我要看的样子
年轻时她无论着哪种蓝，哪片绿
哪件绣花衣裳
赤麻鸭、灰雁、燕
都不忍离去
现在，它们都想去水草丰满
温暖的地方

经过夏季
原来那些吃奶长大的牲口
都学会了吃草

2020 年 9 月 4 日星期五，甘肃甘南迭部扎尕那

仙女，湖

我已到仙女滩
请再给我一些时间
我还要去仙女湖
她在那沐浴
更衣

你们就在杰日普河下游等吧
一会我就带她
踏浪而来

2020 年 9 月 4 日星期五，甘肃甘南迭部

甘南之爱

我们，从北京，从成都，从深圳
从兰州，到甘南
来相爱
爱这甘南的山水
桑科之花
爱郎木寺的风
拉卜楞寺的钟声
九曲黄河，也有曲曲折折的爱情

爱扎尕那的草甸、腊子口的天险
爱迭部高山上
浓密的森林像连衣裙
爱夏河绿色长衫下
凹凸有致的
丹霞地貌

2020 年 9 月 5 日星期六，甘肃甘南迭部

荞麦花

告别甘南，又要回到北京
开始在秋天生活
叶，不舍枝头
我会怀念和感恩这段短暂日子
曾经的风景
旅途趣事
盛情、友情、亲情

其实我很想请兰州的朋友
把我留在甘南
青青高原上
放牧
但又怕和荞麦花一起孤独
老去

2020 年 9 月 6 日星期日，甘肃兰州

因为我在

在我之上
除了神明，还有云朵
鹰
围墙
葡萄架
凌霄花开

我不要与你为伍
不让你踩我的影子
请和我并蒂，像一个人
心神合一
或者拉开距离
陌生的，彼此不说话
会落叶的
未必不是好树
没事，如果温暖，尽管走远
如果冷
侧身，就可抱到

因为我在

2020 年 9 月 8 日星期二，北京

为什么都喜欢回故乡

衣锦还乡只是暂时的假象
第二天就会现了原形
彼此都知道从小光屁股的样子
现在官做再大，钱挣再多
也只是过眼烟云
回到这里再不用装腔作势，咬文嚼字
乡音才是最美、最流畅的表达
家乡的红白喜事
流水席吃饱喝足，抹嘴就走
谁都不担心自家的孩子被别人拐跑
每一块土地都种上了喜欢的庄稼
每一只碗底
都錾刻着名字

2020 年 9 月 11 日星期五，山东淄博

青花瓷，鱼子蓝

不知你要经历怎样的疼痛
才能脱胎换骨
出落得如此如花似玉
一见钟情
青花瓷，鱼子蓝
请让我留下聘礼
把你娶走

同来的看官
你们别急，她一定还有很多姐妹
待字闺中

2020 年 9 月 12 日星期六，山东（淄博）国际陶瓷博览会

一块石头

我不苟言笑
木讷
给不了木架、高枝
任凌霄和牵牛
攀附
甚至不能陪你走四方

但你要是累了
靠我
我不会倒

2020 年 9 月 13 日星期日，北京

凌 霄

它凭借紫色
和攀附
红了

2020 年 9 月 14 日星期一，北京

以诗歌之念

以诗歌之念
再回甘南
乘风，抚摸她顽强的草木
蜿蜒流水
把那些遗落的欢声笑语
捡起来，擦一擦

伸手蓝天
云从指尖过
黄河脚下走
蜂蝶从格桑花上
起飞

2020 年 9 月 15 日星期二，北京

在河之洲

喜欢秋天的人，很多
我和你，便是其中之二
说到二，的确不那么好听
但北坡雁，南山燕
一直都是成双结对
在飞

天空比翼鸟，山上连理枝
在河之洲，风比我有耐心
它正一件件
不紧不慢
脱柳的
衣

2020 年 9 月 28 日星期一，北京

该失恋了

秋天，已无未了之事
自开春以来，它们都对蜂蝶
爱过
随风雨，疯过，潇洒过
现在
该失恋了

2020 年 9 月 30 日星期三，北京

八月半，才是中秋

我很少歌颂桂花
她比野菊花小
却比栀子花还香
但她从不矫情，也不计较
每年一如既往
活泼、淘气
爬到我头上、肩上
撒娇
咯咯笑
每次经过她，青石路面
都要亮一些

我有时也很气恼
也会拍打她：
别闹，别闹
八月半，才是中秋
且让满月升起
柴火点燃，新米下锅
亲人团聚

2020 年 10 月 1 日星期四，中秋，北京

十月，请催开我的执念

十月，请催开我的执念
相信天堂和善良
相信爱
热爱在秋天写给春天的诗
热爱迎风起舞的丹顶鹤
热爱盛开的棉桃
热爱洒水车
热爱舷梯上走下来的乘客，和水手
热爱爱我和我爱的人
热爱国旗、国徽、国歌，清风与明月
热爱乡村
热爱从木鱼敲出的美好心愿
热爱自己的信仰，并从此获得救赎、加持
和祝福

2020 年 10 月 3 日星期六，北京

遗 憾

后悔已晚

放任那么多春江花月夜，白白流走

浪费了青草葳蕤

枯木发新枝

喜欢花，却从未追求过它们

还不知悔改

现在连诺贝尔文学奖也被露易丝·格丽克摘走

自己一无所获

但我对秋天依然抱有好感

对累累硕果

情有独钟

2020 年 10 月 10 日星期六，北京

在高唐

如果不是你，我可能永远也不会知道这个地方
知道了，也永远不会来
即使李苦禅曾在此居住，画画那么美
罗汉饼、布袋鸡那么好吃
棉花开那么好看
那它也只是一篇散文，散落在某个自媒体
或者更像是一个生僻字
我们都会互相错过，彼此不相识
宛如高铁之后，原野上一个又一个小站
都被荒废
和遗忘

2020 年 10 月 18 日星期日，山东聊城高唐，第十届民族百花奖
颁奖典礼

所有的星星，都是野的

放下书，撂下笔
让我和山上消瘦的石头，发发呆
回忆一会儿
夕阳给大地都涂上了颜色
坐等黎明再来洗白
山间已不是布谷的季节，但鸟声干脆，果实清甜
寒露凝霜
所有从黑暗中跳出来的星星，都是野的
有人给它们命名
却没人豢养
喜欢秋，就从山顶的树梢开始
到山脚的溪流，也不结束
偷一身秋衣，闻闻她
一起疯过的味道

2020 年 10 月 19 日星期一，北京

断舍离

断舍离，你永远都不属于这部分
不属于急于离家出走的蒲公英、苍耳
鬼针子
不属于院子里发黄的银杏
老丝瓜
我珍，且惜你
是你的家雀、忘忧草、小米椒
你的刺客
你身上的啄木鸟
小蜜蜂
蛀心虫

2020 年 10 月 31 日星期六，北京

秋　日

这满山红叶，比我早来
阵雨也是
它们对这样的游客，见怪不怪
反而托出悠悠白云
引出潺潺流水
宽慰我

可你比我，还晚到
在等你这段时间
蜜蜂来过，蝴蝶来过
风把野菊花
吹落三次
偷走我留给石头的余温

2020 年 11 月 1 日星期日，北京

喜　鹊

一对舒适的沙发
一只彩色的灯
鱼缸有流水之声
一垄葱，数行蒜
半厢小白菜
玫瑰开花，紫苏结籽
朝天椒举着小火把

我新建的阳光房
永远都是五月的味道
有书，有茶
有紫砂
摆上盆景，挂上画
迎接经常来做客的喜鹊

2020 年 11 月 2 日星期一，北京

空 度

青色的城，我第一次来
可没人告诉我
呼和浩特，哪几个音是青色
哪个音，是城
身在草原，我总感到惭愧
它那么丰盈，又那么广大
有野性美，又有倾城媚
清风请出马头琴
又呈上烈酒之香
我既不善饮，又不擅歌
面对热情洋溢的图雅、乌日娜、其其格
我局促，又不安
反倒是原野那一群群牛羊，不想那么多
它们相亲，相爱
从不让一轮又一轮月亮
在良宵里
空度

2020 年 11 月 5 日星期四，内蒙古呼和浩特

占 卜

不看皇历，不带罗盘、塔罗牌
像草原上的风
自由，散漫
嫌它们碍事，就吹散那些牧草
赶回那些牛羊
放养白云、云雀，和大雕

自古以来，人们在龟背画图
甲骨刻字，岩壁涂鸦
黑夜看星座
都是因为
相信爱

2020 年 11 月 6 日星期五，内蒙古呼和浩特

宝贝河

宝贝河，除了我
春水知道你的身体，有多滋润
鸟多多
水草多丰美
请别立冬，立冬也别让爱结冰
留住你心上的天鹅、鸿雁
让云和云，漫步
草和草，连根
让我做守望你的敖包
温暖你的篝火
喜欢你的葵花

嗯，喜欢你的葵花

2020 年 11 月 7 日星期六，立冬，内蒙古呼和浩特

伊敏河

请容我以坦荡之躯
之声
行走草原
这广袤而深邃的原野
朝气蓬勃的日出，深情落日
带箭待发的弯弓
应该都能容得下我
这蜿蜒之身

黑夜，她也能容忍我借她的星月
熠熠发光

2020 年 11 月 7 日星期六，立冬，内蒙古呼和浩特

呼伦贝尔

天堂什么样子
我不知道
地狱什么样子
我也不知道
但我知道，有你就是天堂
没你就是地狱

我爱这广袤的大地人烟稀少，牛羊成群，岁月静好
我爱这辽阔的草原、苜蓿地、土拨鼠
蒙古包

2020 年 11 月 8 日星期日，内蒙古呼和浩特

牧　草

且把我的心事
一层一层，卷起来
我开过的花，结过的籽
许过的美好愿望
都打包
做个封存

相思成枯，我依然是你的牧草
即使在冬天
就算是冬天

2020 年 11 月 8 日星期日，内蒙古呼和浩特

视而不见

再见，呼和浩特
你街上值守的银杏已经成熟
草原开始冬眠
爱恨交加的雪，应该就在路上
不过先落的还是叶
和冷漠的风
窗外风景，赤橙黄绿青蓝紫
你敢倾城
我就敢拥抱

我爱极了秋叶它们在枝头耳鬓厮磨的样子
恨你却装作视而不见

2020 年 11 月 8 日星期日，内蒙古呼和浩特

爱 情

黑糖被切割成方块
放在透明玻璃罐子里
它们有时彼此膈应
还互不说话
但都有一颗甜蜜的心

2020 年 11 月 9 日星期二，北京

落雪，落雪

这一切美好的事物都将消融在这个季节
我也是，菩提
也心生怨念
秋风吹熄了无数热情的火把
以冷漠
回馈了夏
的那一河温吞水

然后，落雪，落雪，落雪
落，雪

2020 年 11 月 10 日星期二，北京

七十二变

莫道君行早

索溪河畔，早有洗衣人

她们一槌一槌的声音

唤醒早晨，唤醒童年的记忆

朝霞随溪水从她们身边欢快流走

又被上游一波波送来

那些土生土长的芦苇，生白发

野菊开黄花

山茶却是青春颜容

今日，请放我任性，登天门山

钻朝阳地缝，饮仙女泉

游十里画廊

做黄石寨一日寨主

看金鞭溪的猴子

七十二变

2020 年 11 月 15 日星期日，湖南张家界

桃花，潭

在孙水河，我看到的那只野鸭
和你看到的
应该是同一只
细雨路过，竹林沙沙响
心也沙沙响
人间悲欢，自有定数
但多比桂花小，樱花薄
而今日之欢喜
却比磨盘大
河水长

如果目光能像眼前的小河一样拐弯
那我一定可以看清幽林深处
美人蕉硕大的叶子
细小的蛇莓果
梨花窝
桃花
潭

2020 年 11 月 16 日星期一，湖南娄底

一叶莲

一叶即可成莲
但我有根
青苔蔓延故乡
我一直都想在那里寻找
一只锔过的碗
补过的锅
刷桐油的斗笠
重新箍过的木桶

这点心愿，我从没有告诉任何人
但祖屋的老眼光，看穿了我
杨柳摇头，又点头
野菊花笑
山涧送出清爽的风

2020 年 11 月 17 日星期二，湖南娄底

功　夫

梅开数朵，都是为了满足冬天
那点小小虚荣之心
我这点心思，和
雕虫小技
你每次都看破，不说破

天下功夫，唯快不破
我因此冬练三九，夏练三伏
但只要你使柔情剑
我就空修一身铁布衫
金钟罩

2020 年 11 月 18 日星期三，北京

武汉之晨

请给我一片温暖
雪花大小
即可
别落我头上，添白发
也别挂我胸前，当奖章
就印我唇上
不留痕迹

武汉的风，比北京的冷
雨，更绵长
睡在我旁边的严西湖
昨晚就戴上了面纱
坐在我后面的女孩
静静享用早餐

那些年我们曾被爱情填饱了肚子
却被相思饿瘦了骨头

2020 年 11 月 26 日星期四，武汉光谷希尔顿酒店

喜　悦

大概是我给她的胭脂，全抹在了黎明
也好，给早晨化个妆
一天都会好心情

鸽子和喜鹊，应该吃完了昨天留给它们的午晚餐
让我想想
今天给它们做点什么

2020 年 11 月 27 日星期五，北京

去三亚

系上安全带
手机调成飞行模式
关闭电脑、iPad
闭目
听空姐话，收起小桌板
调直座椅靠背
打开遮光板

到三亚，我要和椰风一起
做一个安分守己的沙滩
不让阳光起浪
温柔地晒在你身上
木瓜，百香果，芒果花
三角梅
合欢
椰

2020 年 11 月 27 日星期五，三亚，万橡雨林农庄

清　澈

对你好，就是要让你一直亏欠
直到你两鬓斑白
沉疴痼疾
还念念不忘
一遇到风，就潸潸泪下

其实，我也会心胸狭隘，小肚鸡肠
远不如大海
容不了任何一条江河
带来泥沙
所以我还不浑浊
对你
清澈见底

2020 年 12 月 2 日星期三，北京

西　安

随风入海
我，越来越沉默
越来越细，细得像晒在岸上的一粒盐
滩上沙
我所有的宽容、善良，和爱
都是从那里批发而来
又整装待发

一来到西安，我会更收敛一些
蹑手蹑脚
怕踩坏地下的宝贝
惊醒兵马俑
和
公主

2020 年 12 月 4 日星期五，西安

在西安

高铁穿风而过
树叶选择了落下
和不落下
钟楼准点报时
小贩吆喝，汽车鸣笛
他和她，紧紧相拥，窃窃私语
学校响起上课铃
行人等待绿灯
摩托疾走
老年代步车穿行
鸽子起哨声

这就是长安，是西安
是古老而年轻的市井百态，人间烟火
是年复一年，日复一日
的诗歌朗诵会

2020 年 12 月 5 日星期六，西安

花　墙

你家大朵大朵的蔷薇
已经谢了
花墙露出铁栅栏
红豆
跳出相思荚

古城的街道
星星窥见过你我
你像这满城的树木花草
不食人间烟火
而我，不语
一个人静待晨曦，抱紧它
像抱一堆篝火

2020 年 12 月 6 日星期日，西安

纱 布

请给落日，留下一条归路
夜风，一个洞穴
帽檐
一朵花
一份阳光心意

也给核桃仁
裹上花椒、蜜
心
绷上纱布

2020 年 12 月 6 日星期日，西安

藏，画

你每一个部位
都很精致
合起来
更是，一幅画

我喜欢你有黑龙潭一样的眼睛
元宝耳朵
玫瑰花
唇

更喜欢你脉脉含情
用一泓深水
灌醉我

2020 年 12 月 13 日星期日，北京

女贞刚刚栽上

爱如溪流，不舍池塘
和心软的水草
风过天桥
也有了人情之味、春花之暖
旧月新出
女贞刚刚栽上

请温柔对她，用上好的时光和
阳光雨露之润
让风，轻咬舌尖
用轻微痛，提醒你我
掌心对掌心
痣
对痣

2020 年 12 月 14 日星期一，北京

晒 雪

南方都在晒雪
我晒太阳
鸽子从对面楼起飞
落到我家露台
那里有我准备好的面包
和秋天栽上的玫瑰
但玫瑰花还没来得及全开
风就已经把它冻住

其实我也在等一场雪
待贵妃出浴
昭君出塞

2020 年 12 月 15 日星期二，北京

冬至都在北京

有据可查，最近每个冬至
我都在北京
那些年我呼朋唤友
去呼伦贝尔自驾
坝上骑马，漠河找北
香格里拉爬山
赤道对面潜水
都不在冬季

冬季我都要在北京
要陪长安街温暖的华灯
前门箭楼、大栅栏
琉璃厂的琉璃瓦
门前老槐树
越冬

2020 年 12 月 21 日星期一，冬至，北京

呼 吸

树用什么呼吸
用叶吗

我说
不
用伤疤

2020 年 12 月 22 日星期二，北京

今夜星光灿烂

今夜星光灿烂
其实我也很想和你们
喝几杯
至微醺，半醉，把酒尽欢
不由自主
畅谈二里沟、八里庄、长安街上曾经的往事
和年少轻狂
而风花、雪月，不再提起
让它们尘封，入窖
化作女儿红
不老酒

2020 年 12 月 28 日星期一，北京

冻 伤

这两天，好冷
一出门，就冻手，冻脸，冻耳朵
我见了你
都不敢说话
怕满腔热情说出去
变成冷若冰霜
伤了你

2020 年 12 月 30 日星期三，北京

百香果

我每次把年末的诗
都写得很煽情
今年不了
只请上老爸、老妈
一起吃顿便饭
然后，剖开一只百香果
兑上蜂蜜
掩盖它的酸，把它这一年酝酿的各种各样的香
分享给他们

2020 年 12 月 31 日星期四，北京

图书在版编目（CIP）数据

滴穿 / 李立屏著. --武汉：长江文艺出版社，
2022. 11
ISBN 978-7-5702-2523-1

Ⅰ. ①滴… Ⅱ. ①李… Ⅲ. ①诗集－中国－当代
Ⅳ. ①I227

中国版本图书馆 CIP 数据核字（2022）第 022755 号

滴穿
DI CHUAN

———————————————————————————————————————

责任编辑：胡　璇　　　　　　　　责任校对：毛季慧
封面设计：源画设计　　　　　　　责任印制：邱　莉　　王光兴

———————————————————————————————————————

出版：　长江出版传媒　│　长江文艺出版社
地址：武汉市雄楚大街 268 号　　　邮编：430070
发行：长江文艺出版社
http://www.cjlap.com
印刷：武汉市籍缘印刷厂

———————————————————————————————————————

开本：640 毫米×970 毫米　　　1/16　　印张：18.5　　插页：4 页
版次：2022 年 11 月第 1 版　　　2022 年 11 月第 1 次印刷
行数：6927 行

———————————————————————————————————————

定价：48.00 元

———————————————————————————————————————

版权所有，盗版必究（举报电话：027—87679308　　87679310）
（图书出现印装问题，本社负责调换）